Iksaka Banu

Iksaka Banu

A Shooting Star
& Other Stories

English translations by Tjandra Kerton
German translations by Jutta Wurm

BTW

LONTAR

Iksaka Banu
A Shooting Star & Other Stories
(a trilingual edition in English, German, and Indonesian)
Copyright to Indonesian-language stories © 2015 Iksaka Banu
Copyright to all English-language translations © 2015 Tjandra Kerton
Copyright to all German-language translations © 2015 Jutta Wurm
Copyright to this edition © 2015 The Lontar Foundation
All rights reserved.

No part of this publication may be reproduced or transmitted in any form
or by any means without permission in writing from
The Lontar Foundation
Jl. Danau Laut Tawar No. 53
Jakarta 10210 Indonesia
www.lontar.org

BTW is an imprint of the Lontar Foundation

Editorial Team:
John H McGlynn (Senior Editor)
Yusi Avianto Pareanom (Indonesian-language Managing Editor)
Nirwan Dewanto & Nukila Amal (Co-editors)
Pamela Allen (English-language Managing Editor)
Jan Budweg (German-language Managing Editor)
Saira Kasim & Wikan Satriati (Editorial Assistants)

Publication of this book was made possible, in part,
with the generous assistance of BNI 46

Partial funding for its translation was provided by
the Translation Funding Program of Badan Pengembangan
dan Pembinaan Bahasa,
the Ministry of Education and Culture, the Republic of Indonesia.

Design and layout by Emir Hakim Design
Printed in Indonesia by PT Suburmitra Grafistama
ISBN No. 978-602-9144-93-2

Contents

vii	Publisher's Note
xi	Introduction

E

3	A Shooting Star
23	Farewell to Hindia
43	A Stage Play of Two Swords
61	All for Hindia

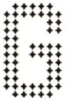

G

81	Eine Sternschnuppe
105	Lebewohl, Hindia
127	Ein Bühnenstück für zwei Säbel
147	Für Hindia

171	Bintang Jatuh
191	Selamat Tinggal Hindia
209	Stambul Dua Pedang
227	Semua untuk Hindia
245	Publication History
247	The Translators

by the way…
(a note from the publisher)

Since its establishment in 1987, the Lontar Foundation of Jakarta, a non-profit organization devoted to the promotion of Indonesian literature, has focused on the goal of creating a canon of Indonesian literature in English translation. With that as its mission, the Foundation has published close to 200 books containing translations of literary work by several hundred Indonesian authors. In its 28 years of existence, Lontar has published numerous significant and landmark works. By the end of this year, 2015, for instance, Lontar's Modern Library of Indonesia series will contain fifty titles by many of Indonesia's most important authors, with representative literary work spanning the entire twentieth century and beyond. These titles, together with *The Lontar Anthology of Indonesian Drama*, *The Lontar Anthology of Indonesian Short Stories*, and *The Lontar Anthology of Indonesian Poetry*–the latter two of which will be published this year–will make it possible to teach and foster appreciation of Indonesian literature anywhere in the world through the medium of English. Further, with changes in print technology, Lontar's titles are now available throughout the world in a matter of days and for a fraction of the cost in former times.

The authors whose work Lontar has published are recognized by both foreign and Indonesian literary critics and literati as some of the best writers Indonesia has ever produced. Naturally, however, given the scope of time covered by Lontar publications (from the late nineteenth century to the present) many of these authors are now elderly or already deceased. Which is why Lontar has now developed a new imprint, BTW Books, through which the Foundation will now begin to introduce to the world other talented Indonesian writers whose work is hardly known outside the country's borders yet has been deemed by both literary critics and Lontar's editorial board to be worthy of international attention. (In general, authors who already have one or more books available in translation, either in English or another major international language, were not considered for inclusion in this, the first stage, of the series.)

Because of the abundance of talented Indonesian authors, the selection of the first 25 authors was difficult to make, but Lontar's hope is that if the series proves successful in achieving its goal, the Foundation will then be able to produce translations by another 25 authors and then another 25 authors and so on in the years to come.

Because of the not-for-profit nature of Lontar's work, none of Lontar's numerous ventures would be possible without the generosity of others. In the case of BTW Books, Lontar is especially grateful to BNI 46 for its generosity in underwriting a large percentage of the cost of this series' publication. Lontar is also grateful to the authors in this first stage of the series who, in their knowledge of the promotional nature of this series, agreed to forego royalties and other forms of monetary recompense. Lontar must also thank Emir Hakim and his design team; the many talented translators who contributed much valuable time to this project; and, last but not least, my editorial board and staff who selflessly devoted themselves to the goal of making this project a success.

John H McGlynn

Introducing Iksaka Banu

Iksaka Banu was born in Yogyakarta, on October 7, 1964. He studied Design at the Faculty of Art and Design, Bandung Institute of Technology. He worked in advertising in Jakarta until 2006, when he decided to become a freelance advertising practitioner.

During his childhood in the mid 1970s, Iksaka sent his writings several times to the Children's Column in the newspaper *Harian Angkatan Bersenjata*. He was also published in the Children's Column in the newspaper *Kompas*, and in *Kawanku* magazine. After this, he stopped writing for a while as he then became interested in doing comics. Through his activities in making comics, and while he was still in junior high school, he got the chance to do an illustrated story titled "Samba si Kelinci Perkasa" [Samba, the Powerful Rabbit] in *Ananda Magazine* for one year (1978). After finishing school, his occupation as an art director in a number of advertising companies did not allow him to write.

In 2000, he tried his hand at writing a short story, and it ended up being published in *Matra* Magazine. Since then, he has taken up writing again. A number of his works have been published in *Femina* and *Horison* magazines, and in *Koran Tempo*. Two of his short stories, "Mawar di Kanal Macan" and "Semua untuk Hindia" were selected by popular vote to receive a Pena Kencana Literary Award in 2008 and 2009 respectively.

E

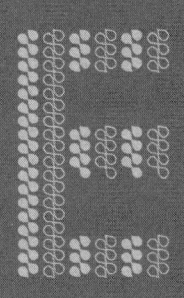

A Shooting Star

Early morning. Residual tension could still be felt in every corner of the fort. Occasionally the foul smell of the river water was detected, alternating with the smell of things burning. I longed for a bath, after six hours of shouting orders and firing my gun.

The Chinese rebels were not opponents to be taken lightly. They were large in number, and were clever strategists to boot. They had been banging on the gates since nine o'clock. But the Batavia fort was still the strongest, as long as all the troops remained highly disciplined and able to maintain all eighteen cannons mounted around the fort. It was a great relief that late last night we managed to make them retreat.

I looked around the fort once again. At the large south gate, the soldiers appeared to have seated themselves in an exhausted state after successfully extinguishing the fire burning the platoon tent an hour ago. Looking a little to the right, in the canals around the fort, a series of canoes containing three or four musketeers were still on alert as the second front, in case the gates collapsed. And finally, at the rear, between the roofs of the houses, one could see the silhouette of the City Hall's tower, alongside the Niuwehollandsche church dome, as if they were competing to reassure us that we were still in charge of this town. Yes, everything looked under control. I could sleep for a while. But not until I'd answered the summons of my boss, Captain Jan Twijfels.

I have never hidden my admiration for Captain Twijfels. Twenty years ago, at the age of 18, he had already been awarded a star for remaining at his post despite being severely wounded in the Sepanjang war against the combined forces of Surabaya and Bali. Morally, he agreed with me: he was against having a mistress. His wife was Dutch. She had been brought to Java with their two small children. As a board member, he was well regarded.

As soon as the tent door parted, I saw him. Tall and slender, sitting without a wig on, facing a table laden with files of reports. His military uniform looked disheveled, especially his white jacket, which was no longer buttoned neatly. On the floor, swords, guns, and ammunition pouches were scattered, looking as if they'd just been discarded there.

"Lieutenant Goedaerd," Captain Twijfels said, pushing forward a bottle and a short glass. "A sip of Chinese wine to our victory?" His voice sounded hoarse.

"Chinese wine at one AM?" I chuckled as I pulled out a chair. "Was it the spoils from embezzling, or another fee from Captain Nie Hoe Kong?"

"What's the difference?" Captain Twijfels shrugged. "Drink. Other than it being good, you'll need it to bolster you when we start discussing our next topic."

"You're making me uneasy." I filled my glass a quarter full of the wine. I drank it down in one gulp. "Is this about the Chinese population in the fort, Captain? We have announced that as of this morning, October 8, 1740, the Chinese community is forbidden from leaving the fort. And after 6:30 PM, all must stay in their homes without any lighting, and surrender all their weapons to the officials. There will be no Chinese New Year celebration this year."

"That's good." Captain Twijfels stood up, and paced the floor, his hands behind his back. "Now, although it's related to the Chinese, that wasn't the reason I summoned you."

"Read this," said the Captain, pointing to a pile of paper. "Unrest has become more widespread since the first explosions in February, while physical conflict in many places has given a grim picture of our ability to manage this conflict. At the end of September, the post in Qual in Bekasi was attacked by five hundred people. On October 7, the guard in Dientspoort, and the troops that were sent to Tangerang, were also attacked. Two officers and fourteen soldiers were killed.

In light of all this, the Governor General's concerns that the Chinese population in the fort will be incited and rise up against us, I think is not total nonsense," Captain Twijfels continued. "Not to mention that Nie Hoe Kong is incapable of assuming the role of Chinese Captain. He does not have the authority to manage his citizens. I even suspect that he was behind it all. Didn't this uprising start from a conspiracy by his cane workers'?"

"Yes," I said. "The only thing is, lately I've been wondering how it could all have happened? Our relationship with this community was pretty friendly in the past, was it not?" I studied a plate of the Captain's that was made of blue ceramic with a fire dragon motif.

"The Chinese. They have controlled everything from the time this city was established a hundred years ago. Try to find one line of work that they don't hold. Of course, outside the civil servant structure," said Captain Twijfels, searching my eyes. "Blacksmiths, liquor distillers, cobblers, bakers, bookies, loan sharks, tax collectors, sugar foremen. And they work at all this so diligently. Making people like us look like a bunch of stupid losers."

"And then their success at managing the sugar mills triggered the arrival of their relatives from China," said the Captain, taking his pipe from the table, stuffing in tobacco, and lighting it.

"These new arrivals largely have no skills. When the sugar industry went bankrupt, they roamed the streets, increasing the number of criminals," the Captain continued, blowing out smoke. "We need them to turn the wheels of the economy, but of course it is also our obligation to get rid of garbage in the city. Isn't that so, Lieutenant?"

I raised my eyebrows. "They make money. But their money goes into the personal pockets of the government employees. The state coffers lie neglected, while these characters live in luxury. We've put up with this for years. And now we want the Chinese gone, because we can no longer compete with them. They just keep surviving despite our attempts to obstruct their progress with all kinds of tax and residency permits."

"Are you saying that this is all our fault?"

"Just trying to see another side," I said, scratching my head. "At heart it's a complex problem and it's become entrenched, but it is possible to find where it all began. If there are kinks on the inside, why bother describing what's on the outside?"

"Can you explain further?"

"Hey, Captain," I said, laughing. "Are you interrogating me?"

"Just want to know your personal opinion."

"I've told you, have I not?"

Captain Twijfels frowned. "It seems that notes written about you from your former superior were true."

"Does that mean I qualify for the task that you will give me?"

"Your perspective is a bit different. But that's no problem."

"I've gotten lost in this discussion, Captain."

"All right. Let's go back to the beginnng. If this was all our fault, in your view who is most responsible?"

"The highest official in the East Indies, of course."

"Governor General Adriaan Valckenier?"

"That's the one," I said, nodding.

Captain Twijfels was silent for a long time, and needed a bit more time to drink the rest of the wine in his glass before returning to sit in his chair.

"Honestly speaking, I did not want to involve you, Lieutenant, but since you are the best in my regiment, and for your own wellbeing…" The Captain did not finish his sentence, but instead proffered a poster.

"Do you know this man?" Captain Twijfels tapped a picture on the poster.

"I shook hands with him at the New Year's parade," I replied, studying the poster. "But what does Gustaaf Willem von Imhoff have to do with my wellbeing?"

"Lieutenant, we are in the midst of a battle of two giants. We're not just battling the Chinese rebels," Captain Twjfels whispered. "The two giants are the Valckenier Camp against von Imhoff. It's a conflict that began with the election of the new governor general to replace Abraham Patras."

"Oh, I didn't know that. Did von Imhoff blatantly obstruct Valckenier?"

"The von Imhoff Camp had won public opinion throughout the Council of the Indies. Somehow, Valckenier was the one appointed governor general.

"Ever since, von Imhoff, who became vice governor general as well as the advisor to the governor general, has pelted Valckenier with various accusations which, as supreme leader, he must account for. From the defeat in the rivalry with the EIC, to corruption, errors in the sugar export quota, to the most recent practice of selling Chinese residence permits. Valckenier responded by saying that von Imhoff is indecisive, weak and wishy-washy."

"Who is more credible?"

"We'll get to that point later, Lieutenant."

"And what does this have to do with me?"

Captain Twijfels' eyes appeared shadowed as he looked at me. "A secret group that stands behind Valckenier contacted me last week. They asked that our elite team assist them. You have received the honor of carrying this out." Captain Twijfels picked up the pistol from the floor, put it down on the table, and turned it, so that the pistol grip was facing me. "Eliminate Baron von Imhoff."

I gave a start, almost falling off my chair.

"That's crazy. Why must he be eliminated, and why me?"

"They give orders. And we are their instruments," Captain Twijfels replied, refilling our glasses. "As to why you were chosen, you should first of all pay heed to all the good things that will soon come to you," he said. "First, you are not alone. There are three others from other elite teams that will help. Sorry, I only know their pseudonyms: Lieutenant Jan de Zon, Sergeant van Ster and Sergeant Maan. Second, our identities are protected as much as possible. Third, at ten o'clock, a courier will bring a parcel with your payment to your house. The amount is enough to buy a plot of land in middle-class Tangerang. After your task is finished, a second delivery of the same amount will be sent, along with a thirty percent bonus."

I shook my head. "You'd need one regiment and a full week of training to do this."

"There's no time. However, the company has prepared a shadow elite group of soldiers to leave for the location. They are Valckenier's loyalists. It has been arranged to keep mouths shut." Captain Twijfels blew out the remaining smoke before discarding the ashes from his pipe.

"To which location?"

The Captain indicated a point on the map on the wall. "Tenabang!" he exclaimed. "On October 5, von Imhoff and some of his forces under Lieutenant Hermanus von Suchtelen and Captain Jan van Oosten went to Tenabang, to meet with

Tan Wan Soey, one of the rebel leaders. Valckenier suspected that negotiations would be futile. Von Imhoff himself had prepared for the worst, had even ordered that military aid be accelerated, as six cannons that had been brought by porters from Batavia had gotten lost in the ricefields, along with the ammunition boxes. Of course he did not realize that the porters' negligence was not without cause."

"Is it all arranged from here?" I asked doubtfully. Deep down, I felt like a dumb mouse caught in a trap.

The Captain nodded. "Lieutenant, in Batavia life is like a fairy tale. People who come from Holland as milkmaids are suddenly wealthy here, and rapidly acquire influence. But we must be prepared to face the opposite: a bright and shining star can fall victim to the crazy games of the rulers."

"What if I refuse this task?"

Captain Twijfels took off his necktie, and threw it on the floor.

"Your wife is from Friesland, Lieutenant? How old is your child? I believe younger than my children. You have only been married three years, right? Oh, yes. The installment payments on your house are due. Are you going to keep postponing them?"

"Bastard! Don't you touch my wife and child!" I grabbed Captain Twijfels by the neck, but he was faster. He leapt back and grabbed his gun, then pointed it at me.

"Calm down, Lieutenant. Do you think that I am free of such threats? They have even paid a visit to my wife and children three times. Can you imagine what kind of life I have? A respectable hero, constantly pressured without any recourse. I have gone through periods of depression though, like you, I still have my common sense. There's only one thing in my mind right now: get this task over and done with. I want to be at peace, to enjoy my old age with my family."

I went limp. All that I had felt prior to this point, including my admiration of Captain Twijfels suddenly vanished. "Tell me the plan," I said finally, resigned.

"Please forgive me, Lieutenant." Captain Twijfels lowered his pistol. "Go home. Let me take care of things here. At three o'clock, be ready in front of Oen Store. Forget the military uniform, also your horse. And tie this to your left arm." The Captain threw me a white ribbon. "Someone with a code name 'shooting star' will pick you up. Reply, 'the light has faded.' He will take you to meet the shadow forces on Jati Pulo.

"Then at night, Lieutenant de Zon will meet von Imhoff. You and both sergeants will be ready at three points not far from them. A soldier will provoke a situation so that the Chinese will attack. On the pretext of protection, Lieutenant de Zon will separate von Imhoff from the original troops, then bring him in retreat along with the shadow troops to pass by your location. This is when the angel of death strikes. Your shot must be from behind, as if it was fired by the enemy. If you miss, there are still your two sergeants. Good luck. Your pseudonym is Hendriek van Aarde. Your documents are ready."

I said nothing, and remained silent on arriving home. I looked at my wife and my child, sleeping soundly. I kissed them on their foreheads. I regretted my career choice. I regretted that my military capabilities were far above those of my colleagues, so that I stood out, making it easy for others to misuse them. Yes, I, Jacob Maurits Goedaerd, was no longer a soldier. I was now a paid assassin. More despicable than a thief. A thief or robber would look into his victim's eyes, while I would shoot from behind. But that bonus might just redeem my sin. I would leave the service, start a new life. God knows doing what. I studied the motion of the clock's pendulum in the corner of the room till I fell asleep.

Two thirty. After lying to my family this morning regarding a bonus that I was to receive from a courier, now I was standing in front of Oen Store, on the side of Kali Besar Barat Street, near the bridge. On my right shoulder, Captain Twijfels' neatly wrapped rifle, a modification of a *donderbusche*, with copper bullets. A weapon commonly used by the Chinese rebels. Of course this was all part of our plan.

One hour went by. On the side of the road, the afternoon snack stalls started to spring up, emitting aromas, whetting the appetite. Where was this stupid person? I looked at my arm to make sure the white ribbon was visible from afar. However, by four thirty still no one had come.

I decided to have something to eat at one of the roast duck places on the eastern side of the bridge, near the fish market. The owner and cook was an old Chinese woman, assisted by her son. Anxiety was etched into their faces. They had probably heard of our battle last night. These people were in a bind. If they stayed with us they would be drained dry. And if they chose to leave the fort, they would be forced to join the rebel groups.

"Good afternoon, Sir," I greeted the person sitting next to me. He was also Dutch, perhaps an officer on leave. He was so fat that the sword hilt at his waist was barely visible. He had a large serving of food, so much that he hadn't even finished by the time I got up and went back to the place to wait.

I didn't want to stand up the whole time, as I had before. So, I sat down on a food stall bench. That's when I suddenly heard several loud explosions from the south, very likely from a series of cannon fire, followed by a noise that at first was unidentifiable. It eventually became clear that this was a sound made by humans. The sound of the screaming of people on the verge of death. It was loud and it was heartbreaking.

Before I could even figure out what was really happening, suddenly I saw a huge wave of Chinese pouring down the Kali Besar road, to Tijgersgracht, Jonkersgracht, even through the alleys near Gudang Timur, three blocks behind where I was sitting. Then, God knows why, at the entrance to the alleys or at the bridge they fell in a heap, like puppets whose strings had broken. The rest pushed and trampled each other. Some, severely injured, plunged into the river, only to appear after a time on the surface, floating lifelessly.

Some time after that, like the final set of stage tragedy, a scene emerged that went beyond the confines of sanity: a group of Dutch people, more than a hundred of them, along with indigenous sailors and porters, running behind the large group of Chinese. They weren't running with them. They were hunting. Like a pride of mountain lions herding bison on the prairies. They were clutching swords or axes. At every swing of their arms, another life was lost in front of them. Some of the sailors fired shots indiscriminately. They were shouting like men possessed.

Within minutes, on both sides of the road and especially in the river, there were pale yellow bodies piled layer upon layer. Devastation.

In Tijgersgracht, the most luxurious area in Batavia, a spear's throw from where I was standing, I saw Chinese houses and stores burning. The owners had been lined up beforehand on the side of the river before the sword beheaded them one by one. Today the walls of hell had truly broken down. The devils had descended to earth in the form of bloodthirsty humans. I had often seen crushed bodies on the battlefield, but had never witnessed people dying like this.

Although the target of these deranged people seemed clear, for safety's sake I pulled my gun out of its holster.

"Good, quicker to die with a pistol!" shouted a passing Dutchman who was dragging two fat pigs that he had stolen.

"What happened?" I shouted repeatedly, to no one in particular. All were dead. Even the old woman who had served the roast duck was lying under the table, among the plates and scattered rice.

Also her son. In front of them, the fat man who not long before had been eating with me, stood upright. His sword was as red as his face and his body.

"You're crazy! These people just fed you!" I swore. His body jerked as if he had just awakened from a dream. Without speaking, he threw his sword out into the river, then he retreated. I intended to follow after him, to get away from this cursed place, when suddenly I heard a hoarse cry: "A shooting star!" The code I'd been waiting for since morning.

"The light has faded!" A bit nervously, I answered, looking towards the source of the voice. An old man in a black coat, with a long scar on his right cheek, was standing there. It was not that clear what was flashing in his left hand. A small dagger perhaps, or a fork. What was noticeable were the spots of blood on it.

"The plan was postponed. Von Imhoff returned early. This afternoon Valckenier suddenly ordered the annihilation of these people. Wait for further news," he said, adjusting the position of his velvet hat before disappearing into the crowd.

Annihilation? I was dumbfounded.

Slowly, I re-holstered my pistol. It was getting dark, but I didn't move from where I stood. Mainly because I didn't know what to do. All around me, the fires began. The night breeze blew gently, leaving behind a rancid smell of smoke mixed with the bitter smell of blood. Suddenly I felt sick to my stomach.

Farewell to Hindia

The old Chevrolet that I was riding in slowed down, before finally stopping in front of the bamboo barricade that had been erected across the end of Noordwijk Street. Soon after, like a nightmare, from the left of the building appeared several long-haired men wearing red and white bandanas and dressed in a variety of shabby uniforms, brandishing weapons.

"Local militia," murmured Dullah, my driver.

"Make sure they see my press identification," I whispered.

Dullah pointed to a piece of paper on the car's windshield. One of the men peered in through a window.

"Where are you going?" he asked. He was wearing a black *peci*. His bushy mustache split his face in two. He glared threateningly at us.

"*Merdeka*, Sir! We are going to Gunung Sahari. This is a journalist. He is a good man," Dullah said, trying to keep a calm face, pointing his thumb at me.

"Get out of the car, then talk, damn you!" barked Mr Mustache, slamming his fist against the bonnet of the car. "Make the foreigner get out too!"

Hastily Dullah and I did as he said. Assisted by some of his friends, the Mustache searched us thoroughly. My Davros cigarette pack from which I had been enjoying a cigarette was immediately transferred to his shirt pocket. The same went for several Japanese military banknotes in my pocket. Another thug climbed into the car, searched through the glove compartment, then sat in the driver's seat, spinning the steering wheel like a child.

"Martinus Witkerk. *De Telegraaf*," Mr Mustache intoned, reading my assignment letter, then looked at me. "You Dutch?"

"He cannot speak Malay, he's from Holland," Dullah interjected. Of course he was lying.

"I'm asking him, not you, dammit!" the commander struck Dullah across the face. "Your friends have died from their bullets, yet you befriend the colonials. Get outta here, go home!" he returned my wallet as he lit up one of his stolen cigarettes.

"Thank you, Dullah," I said, a few moments after we had started on our trip again. "Are you ok?"

"I'm ok, Sir. That's what some of them are like. They say they're freedom fighters, but they invade people's homes, asking for food or money. They also frequently harass the women," Dullah replied. "Lucky I was the one driving. If Mr Schurck had been driving, I think that neither of you would have been safe. They tend to kill Europeans who are quick to anger, like Mr Schurck. It doesn't matter to them if you are journalists."

"One thing's for sure, Jan Schurck is good at getting himself into dangerous situations," I said, smiling. "That's why *Life* pays him so well."

"Are you sure of this young lady's address?"

"Yes, across from the Topography Office. She doesn't want to leave. Miss Stubborn."

Stubborn. Maria Geertruida Welwillend.

Geertje! Yes, that's what people called her.

I had met this woman in the Struiswijk internment camp, not long after the official announcement of Japan's surrender to the Allies.

At that time, I and several journalist colleagues were discussing the social impact of Japan's defeat on the Indies, at the Hotel Des Indes, which had been returned to Dutch management.

"The Proclamation of Independence and the collapse of the local authorities have made the indigenous youth forget the line between 'freedom fighter' and 'acting in a criminal manner'. Long festering hatreds towards white-skinned people and those who were considered collaborators with the enemy suddenly seemed to find their outlet on empty streets, in the residential areas of Europeans that bordered directly onto villages," said Jan Schurck, throwing a photo down on a table.

"God almighty. These bodies are like minced meat," exclaimed Hermanus Schrijven from *Utrechts Nieuwsblad*, making the sign of the cross after he'd looked at the photos. "I heard that these butchers are the villages' so-called champions or thieves who had been recruited into the army. Some of the spoils were divided up amongst the community. But they took a lot themselves."

"Patriotic bandits," said Jan, shrugging his shoulders. "It happened during the time of the French Revolution, the Bolshevik Revolution, and it's still happening among the partisans in Yugoslavia today."

"Illegitimate children of the revolution," I replied.

"I hate war," said Hermanus, throwing away his cigarette butt.

"The European community does not realize the dangers," I said. "After suffering for a long time in the camps, they wanted nothing else but to go home. They don't know that their servants have been transformed into freedom fighters."

"I think many of them didn't hear the message from Lord Mountbatten to stay in the camps till the Allied forces arrive," said Eddy Taylor, from *The Manchester Guardian.*

"You're right. And the Japanese commanders, who don't have the will to live after their defeat, are inclined to let their prisoners leave. It's worrisome,' said Jan, lighting yet another cigarette.

"It could get worse. On September 15, the British forces arrived in Batavia Bay," I said, pointing to a map on the table. "A Dutch cruiser that was accompanying the landing has caused considerable consternation among the militants. This seems to strengthen their assumption that Holland will return to the Indies."

"Well, just between these four walls, do you think that Holland intends to return?" Eddy Taylor looked from Jan to me, and back again.

The discussion was suddenly interrupted by a cry from Andrew Waller, a reporter with the *Sydney Morning Herald*, who had been closely following developments on the radio. "Interesting! This is interesting! Dutch and British soldiers moved the occupants of the Cideng and Struiswijk camps this morning."

Without further ado, we all hastened to leave. Jan and I chose to visit the Struiswijk Internment Camp.

Major Adachi, the Japanese commander whom we met there, was pleased at this mass evacuation.

"Our patrols have been seeing the bodies of Europeans who fled from the camps. Smashed to bits inside sacks on the side of the road," he said.

I nodded as I made notes. But my eyes were actually drawn to Geertje, who was walking leisurely along carrying a suitcase. She was not going towards the trucks, but towards Drukkerijweg Street, preparing to get into a *becak*.

"Hey, Martin!" called Jan Schruck. "That girl has been eyeing you for a while now. Don't squander your chances. Go after her!"

I did go after her, but got a shocking surprise.

"I'm not going," said Geertje, looking at me sharply. "These trucks are going to Bandung. To a shelter at the Ursuline Chapel. Some are going to Tanjung Priok. I must go home to Gunung Sahari. There is so much I have to do," she said.

"You mean to say that before the Japanese came, you lived on Gunung Sahari, and now you wish to go back there?" I asked.

"Is there something wrong with that?" Geertje asked.

"Yes, there is. The wrong time and the wrong place. More and more whites, Chinese, and those considered collaborators with the Dutch are being murdered. Why are you going there?"

"Because that is where my home is. Excuse me," said Geertje, turning her back on me, and picking up her suitcase once again.

I was stunned. From afar I could see that bastard Jan give a thumbs down.

"Wait!" I ran after Geertje. "Let me take you there."

This time Geertje did not refuse. And I was grateful that Jan was willing to lend us his motorcycle.

"Be careful with this young lad, Madame," said Jan, winking. "In Holland many unfortunate women are waiting for him to return."

"Is that so? Call me 'miss,' or just my name," Geertje responded.

"Oh, in that case call me Jan."

"And I'm Martin," I said, slapping my chest. "Don't you want to get rid of those wooden camp clogs?" I asked, eyeing Geertje's feet. "Didn't the soldiers provide shoes for the women and children? They also gave out lipstick and powder. You'll all be beautiful again."

"I'm not used to wearing shoes, so I'm keeping them in my suitcase. At the camp, I got to be really good at running in clogs," Geertje explained with a laugh, settling herself behind me on the motorcycle.

My God. That husky laugh, those dimples. What an odd combination with her severely plucked eyebrows. A face of mystery. Did this woman have a family? A husband? But she had asked to be called 'miss'.

"Battalion X often passes through Gunung Sahari. They're guarding the European residences. But of course no one knows when there will be an attack. Do think about my suggestion," I said. I looked at Geertje in the rear view mirror. She appeared to want to say something, but Jan's motorcycle was extremely noisy. In the end both of us were silent for the rest of the journey.

At the Kwitang crossroads I turned right, leaving the line of trucks with their load of women and children behind me. Oh, those children.

Boisterously clapping, singing happy songs. Not realizing that the land of the Indies, the place where they were born, would most likely soon be just a memory.

"In front of that pond," said Geertje, waving.

I turned. The large house was in a pathetic state. Dirty wall. Broken window glass scattered here and there. The strange thing was, the grass in the yard seemed to have recently been cut.

"Wait a moment!" I said, grasping Geertje's arm when she attempted to run to the terrace. From my bag on the back of the motorcycle I took out a stiletto knife that I had borrowed from Jan. I pushed at the front door. It was locked.

"Do you still want to go in?" I asked.

"Yes," Geertje replied. "Put away your knife. Let me knock. I hope the house hasn't been taken over by another European family."

"Or by the militia," I responded.

Geertje knocked several times. There was no answer. We went around the back. The back door was slightly open. We were about to go in, when we heard footsteps coming from the garden. Coming towards us was an Indonesian woman. Fifty years old maybe.

"Miss!" the woman cried, hugging Geertje's feet.

Geertje pulled at the woman's shoulders to get her to stand.

"Japan has been defeated. I am home, Iyah. Where is your husband? Have you been living here?" Geertje asked. "This is Mr Witkerk, my friend. Martin, this is Iyah, my housekeeper."

Iyah bowed to me, then turned back to look at Geertje.

"After I came to see you the last time, the house was taken over by the Japanese. It was made into a residence for the officers. I cooked for them. I could not leave. That is why I could not visit you." Iyah broke into tears again. "Where are your father, your mother, and young Robert?"

"Mother died last month, from cholera," said Geertje, pushing the door open wider, then going inside. Iyah and I followed. "Father and Robert were sent to Burma. I've asked the camp commander to search for news of them," she continued.

"Everything of value was taken. The photos on the walls are all gone. They were replaced by the Japanese flag. But not too long ago they left in a hurry. I don't know where they went. They left many of their belongings behind," Iyah said. "I took the cooking utensils in the store room and asked my husband to come. After becoming the cook, I had moved to the storeroom in the back yard. After they left, I didn't dare stay on. But I come and do what I can to keep the place clean every chance I get."

"Ask your husband to come. We can rebuild this house. When the banks are open again, maybe I can take out some of my savings." Geertje let Iyah run outside, then continued with her inspection of the house. Some tables and chairs as well as cabinets remained, though they had been emptied of their contents. There was a surprise in the family room: an elegant black piano. It was most surprising that the Japanese had not taken it, or damaged it. Perhaps they had used it for entertainment.

Geertje blew away a thin layer of dust, opened the keyboard cover. A joyful blend of notes filled the room.

"A folk song?" I asked.

Geertje nodded. "Si Patoka'an." She started playing.

"You seem as one with nature and the people here. They like you too. And their love for you may be pure and genuine," I said. "But the era of the servants will soon be over. America is increasingly showing their dislike for colonialism. The outside world is also monitoring every beat of change taking place here. And our presence for more than three hundred years as the ruler of this country, some might say eating the heart of this country, is worsening our bargaining position. I don't think the Dutch East Indies will ever return, however hard we try to take it back from the indigenous nationalists."

"Once the fires of revolution have started, no one can stop them," said Geertje, the piano keys now silent under her fingers. "They just want to be independent, as my father would say. My father was an admirer of Sneevlit. He was prepared to forsake his special rights here. I was a teacher of the indigenous students. I was born and raised amongst the indigenous people. When the Japanese were in power, I realized that the Dutch East Indies with all of its aristocratic ways, was finished. I must have the guts to say goodbye to it. And whatever fate befalls me, I will remain here. Not as 'one in power,' to use your term. I don't know as what. The Japanese taught us a lesson, how awful it is to be a servant. After living prosperously, wouldn't it be shameful for us to run away at a time when these people need our guidance?"

"These people..." I could not go on. There ws silence for a few minutes.

"There was once a hunter who found a baby tiger," I finally let out a sigh. "The animal was taken care of lovingly. It became tame. It ate and slept with the hunter till it was grown. It was never fed meat. One day, the hunter scratched his hand on the tiger's tin plate. Blood flowed from the wound."

"The tiger licked the blood, became wild, and then attacked the hunter," said Geertje, interrupting. "You're trying to say that at some point the indigenous people will stab me from behind, right?"

"We are in the midst of a huge worldwide upheaval. Values are being pushed aside. After centuries, we realize that this land is not our Motherland," I replied. "I say for the third time, please go while you still can."

"To Holland?" Geertje closed the piano. "I don't even know where that is, the land of my ancestors."

"In my village in Zundert, there are some reasonably priced rental houses. You can stay there while you wait for news of your father."

"Thank you," Geertje smiled. "You know where I wish to live."

That had been Geertje's response several months ago. I did meet her twice more. I put some windows in, and I took her to market. After that, I became heavily involved in work. Geertje was also focused totally on rebuilding her house. It was difficult to imagine any spark of love between us.

Then the news came that there had been a violent battle last night, that spread from Meester Cornelis to Kramat. Several paramilitary youth groups staged major attacks on a number of areas in an organized and planned manner. A Dutch tank had even been taken over in the vicinity of Senen-Gunung Sahari.

I was worried about Geertje. I should really just go and get her. Have her stay with us for a while. Hopefully she would not refuse. Schurck happened to be out of town so I couldn't borrow his motorcycle. Luckily, although it was rather expensive, I was able to rent a car and driver from the hotel.

"Out the front, Sir?" Dullah's voice brought me back to the hot cabin of the Chevrolet.

"Yes. Wait here," I said, jumping out of the car anxiously. In front of Geertje's house, several Dutch soldiers were standing on full alert. Others were milling around in the back yard. The veranda of the house was damaged. The front door had collapsed, riddled with bullets. The flooring and walls were torn up, blackened, the result of a grenade explosion.

"Excuse me, I'm a journalist!" I said as I pushed through the crowd, holding my press card. My eyes flew everywhere. I went into every room, a mass of mixed emotions, expecting to see Geertje's body lying in a pool of blood on the floor. But that terrible sight did not eventuate. A soldier approached me. He seemed to be the commander. I showed my press card.

"What happened, Sergeant... Zwart?" I asked, glancing at his name on his chest. "Was the house a target of last night's attack? Where are the occupants?"

"It was us who attacked. The occupants have fled. You're a journalist? What a coincidence. We intend to spread the word, so that everyone is on the alert," Sergeant Zwart said, leading me to the kitchen. "This is where the rebels were gathering. We found a lot of anti-Dutch propaganda material," he continued.

"Sorry," I broke in. "As far as I know this house belongs to Miss Geertje, a Dutch citizen."

"You know her? We will be asking a lot of questions. There is a suspicion that Miss Geertje, alias the 'Emerald of the Equator' alias 'Motherland', names that we've often heard over the illegal air waves recently, has switched sides."

Geertje? I stood open-mouthed, ready to protest, but Sergeant Zwart was too busy pulling open a large trapdoor near the storeroom. A bunker. It had escaped my attention when I had visited Geertje some time ago. I followed the Sergeant down the steps.

There was nothing odd about it. Sensible Dutch families usually had a room such as this. It was a place to shelter when there were air raids at the beginning of the war. A damp room, about four meters square. There was a long table, chairs and a dilapidated cabinet filled with tableware and piles of paper. Papers that were indeed anti-Dutch propaganda material.

Sergeant Zwart unwrapped an object hidden by a veil behind the cabinet. A radio transmitter!

"Something left over from the Japanese," the Sergeant said.

I was struck dumb. It was difficult to believe all of this. But what made me really go cold was what I saw on the weathered lefthand wall, where a sink and mirror hung. There was writing on the mirror. It had been hurriedly scrawled, using lipstick: 'Farewell to the Indies. Welcome, the Republic of Indonesia.'

I saw in my mind's eye Geertje and her dimples, sitting in the ricefield, singing along with the people she loved: "This is my land. This is my home. Whatever fate befalls me, I will remain here."

From the beginning Geertje knew where she would stand. Slowly I came to terms with this fact and the word "traitor" disappeared from my mind.

A Stage Play of Two Swords

Six o'clock in the evening. The rain had not completely stopped. All around the house, the sound of water dripping onto the gravel seemed to resonate with the performance of the evening orchestra comprising frogs, insects and owls. But there was really nothing to compare with the clarity of articulation of the gecko that sat on a branch of the teak tree in the front garden. One long knocking, followed by four short explosions. Loud. Firm. Repeated several times in a steady rhythm. To me he was the star of the stage tonight.

Ah, yes, the stage. That stage.

How it has consumed my mind lately. A large tent, a sign board with *Opera Stamboel Tjahaja Boelan* in bright lettering, the crowds of people, the Melayu orchestra that was so good at playing the Waltz or the Mazurka Polka, the libretto pages with the summaries of the stories, and at the end: the reading of the names of the actors.

His name!

I was there. Always there. In the front row. I can say without fear of contradiction that I was not the only one who reacted this way; everyone else who was watching also felt the same thing every time that name was mentioned, let alone when the owner of the name came on stage: we felt ourselves moved by a power that forced open our mouths, that expelled the air out of our throats, that made us cry out his name over and over again.

I glanced at the brown envelope that had been in my grip for some time. I had read its contents more than once. Written in thick black ink. There was pressure in several places. So much so that it almost went through the paper. I knew that it would have taken a lot for the writer to control his anger as he wrote that name. A name that popped up too readily between us in this household.

Hastily, I closed the window. During the rainy season dusk brought the temperatures in the Tanara tea plantation down to a bitter cold. Even for those who had lived here a long time, like myself. But that was not what made me shiver. Not that.

"Nyai! Nyai!" I heard the voice of Mang Ihin, my usual driver, among the cacophony of knocks. I opened the side door and saw his anxious face. His clothes and cap were wet.

"Are we leaving now?" Mang Ihin pulled a rolled cigarette out of his pants pocket. His eyes conveyed his concern. "What if Mr..."

"No need to talk about it," I said, putting my finger to my lips. "Please prepare my things, then make some coffee. I need to change my clothes."

"Be quick, Nyai. We need to take a different route. It's impossible to go via Sukaluyu. The mud will probably be up to our ankles", Mang Ihin grumbled. "Do Uyan and Siti know? Is it safe?"

I did not reply. Mang Ihin should know that the servants were totally under my control.

I locked the bedroom door. I took off my lacy white *kebaya* first, then the rest of my clothes, but did not immediately put on a change of clothes. Instead I once again took the brown envelope in my hand. I looked at it again with a mixture of feelings.

A month ago, in the men's dressing room behind the darkened performance space, I had also been sitting naked with an envelope in my hand. The difference was that envelope was not a letter but contained money, and a pair of strong brown hands encircled my shoulders.

That was our fifth meeting. And as on previous occasions, I had to bribe his friends so that they would not report my comings and goings to Mr Steenwijk, their superior.

"Thank you for your little gift to me and my friends. Now tell me how you became a concubine," he said. The curved lips from which issued his charismatic voice moved along the edge of my ear.

Oh, that voice. A voice that several weeks before I had only enjoyed from under the stage, listening to the owner of those lips sing the Jin Tomang witch's spell or, as the Count of Monte Cristo, issue a challenge to his enemies in sword fights. A voice that caused countless women to swoon.

The funny thing was, not too long ago, it was not a strong masculine voice that I was hearing, but a long drawn out sigh, like a cow being slaughtered, as both of us were nearing the end of our physical explorations.

"Tell me," he repeated. He was insistent, almost coercive.

"Why should I?" I looked at the face of this man in the mirror. The light from the candles on the dressing table caused the lines in his face to change. It added an impression of mystery, like the roles he had been playing.

"I like hearing stories told by women, especially women like you." His voice once again flowed like music. This time it was accompanied by cigarette smoke, which floated, twisting in the air like the wraith of a dragon.

"Women like me? Prince Adang Kartawiria, watch what you're saying," I said, holding my hand in a fist and touching the right side of his lips gently. He caught my fist, and kissed the tips of each finger.

"I'm not joking. As the plot of a theatrical performance, the life of a concubine is a sure bet to bring in the money. Just look at the Dardanella and Riboet Orion groups. They get huge audiences whenever they perform the 'Nyai Dasima' play. Mr Steenwijk knows it too. What can one say, it looks like my superior lives in the past."

"Don't be in too much of a hurry to switch to theater. I still prefer watching you as a fencing swordsman," I said, taking the cigarette from his lips and inhaling a few times. "Can you really cross fence?"

Adang grinned. "When I worked as a reporter for *Berita Panggoeng*, I was often invited to practice fencing by Monsieur Thibaut, my editorial head. He had a fencing room in his house, near Harmonie."

"I think you're a better fencer than Astaman or Tan Tjeng Bok."

"Thank you." Adang bowed in the fashion of an English aristocrat. "Unfortunately, stage show comedy doesn't have a future. People are bored with so many sets and all those fake knight roles. After being lulled by dreams for too long, they wish to see themselves. They want to watch life as it really is. I'm considering joining a theater group, to test my acting talent in playing everyday characters. A doctor, tradesman, even a coachman. The head of the theater has sent three people to try and convince me. I told them to give me some time."

"Mr Steenwjik won't like it."

"In that case, he has two options. Transform the stage show opera into theater, or keep me here with a commensurate salary rise," Adang said, winking.

"But I really don't want to be an actor too much longer. I'd like to get more involved in writing scripts. I'd like to write a more impressive story about a concubine than 'Nyai Dasima.' It won't happen in the short term of course, especially since we are currently preparing the Pranacitra Rara Mendut opera."

"Oh, that's a good story. I'd like to watch it. Will it be staged in Tanara also?"

"We have never stayed longer than one month in any place. Most likely it will be held in front of Hotel Belleuve, Buitenzorg. Twelve sets, eight songs. If the audience wishes it, we will also perform Jin Tomang or the Count of Monte Cristo there. After that, we need to prepare ourselves so that we can participate in the Gambir Night Market in August. Pray that I will go on stage not in a ghost or musketeer costume."

"I don't understand. What's the attraction of a story about a concubine to those people?" I asked.

Adang shrugged. "Perhaps they are intrigued by a Malay woman who has become an honorable lady after living under one roof with a man of another nationality. A beauty in a gilded cage. As

I said, the audiences used to love watching fantasy stories, but now they prefer reality stories. And, anyway, not all concubine stories end as sadly as Dasima, right?"

"Enough, Adang. Now listen, and make sure you understand, because I don't want to repeat myself." This time I suppressed my feelings of irritation. "I-am-not-just-any-woman. My father is not wealthy, but he is the clerk of the plantation. Understand? The rest is just fate. Can a woman escape her fate, which was chosen for her by others?"

"The title Prince that is used before my name is also genuine, but my family broke off all relations with me after they found out that I had joined this stage play group," Adang said, with a cynical smile. "And talking about fate, Sarni, I believe you are right. Outside the bonds of blood, we two are actually the same. A whore, and a poor man who become respectable on account of their clothing and their stage roles."

"Wretch!" I smacked Adang's left cheek, and was readying my next attack with my other hand. But instead he pulled me to him. Then, in a sublime flowing movement, an impassioned embrace settled on my lips. I did not resist, in fact our lips only broke apart when he whispered softly, "Admit it, you are a whore. Betraying your husband while he is out of town on business. Making love with a stage play actor. But I don't care. I've been crazy about you ever since you brazenly climbed onto the stage on the twelfth day, and threw a gold brooch wrapped in paper at me."

"Do you love me, my body, or that gold brooch?" I asked.

Adang answered with caresses, kisses and intoxicating thrusts of his body, and we once again sailed the wide seas, exploring the curves of the bays and the odd peninsula. Departing. Berthing. Over and over. Until all was over with a long sigh and expelling of breath.

While we rested, lying on a hard mattress covered in a sheet decorated with an olive leaf motif that had seen better days, we stared at the ceiling that was made from braided thatch. Each of us with a cigarette between our lips.

That dressing room was a temporary structure. With its four bamboo walls, it was no bigger than 3 x 4 meters, full of items needed for performances. As a stage director, Adang was entitled to sleep in a small hostel in Gadok, not far from the theater. But he knew that meeting me in this room would make his life much more comfortable.

"One morning, I was helping Mother hang out the washing in front of the house, when a large group went by," I mumbled, as if I were talking to myself. "Hunting dogs, a group of men with swords, staffs, carts, several dead boars, and a Dutch man dressed in white riding a large black horse. The gentleman put his rifle into a leather holder on the side of the saddle, and stared at me for a long time before dismounting. I saw Father run outside and speak to him. My name was mentioned several times."

"Then Father invited his guest to come inside. A shock awaited me. Mother fetched water, prepared the china, shouted at me to dress more neatly, and asked me to bring coffee and snacks to the living room. The gentleman asked me my age, and explained in fluent Malay that he was the deputy administrator of Tanara plantation, Father's superior."

Adang listened closely to my story, barely blinking.

"One month later, I had officially become Mrs Cornelia van Rijk, and left my home and my parents. My mother was sad, but Father seemed to enjoy his new status. Getting promoted, from a weigher to a clerk. When I was about to be taken to the plantation residence, Father came to visit. But I refused to talk to him. He still won't explain how Adelaar, my husband, just happened to be passing by our house on the way home from hunting. They didn't go through Pulosari which was actually closer to the main road."

Silence.

"Becoming Mrs van Rijik at the age of fourteen was difficult," I continued. "There were, and still are, so many differences in culture and ways of life that were difficult for me to bridge. Adelaar is a very hard man, but not one of those brutal Dutchmen. His interest in reading and watching stage performances was quickly passed on to me. We have watched performances of all of the stage play opera groups in the Indies. He was also the one who brought me here, to watch your first performances some time ago."

"Yes, and tonight I am making love with his wife," said Adang, grinning.

"Indeed. I am not a good wife."

"Sarni," Adang's voice abruptly changed. "Until yesterday, you could fool yourself into being Mrs van Rijik. But tonight, you are part of my body, my soul. A part of this country. Look at the color of your skin. Look at how you speak. Are you a Dutch woman? I will not be able to make you a wealthy woman, but I will provide you with the source of your dreams: love. God has guided us to meet and have each other. Marry me."

Oh, how easily the words came. Perhaps they were declarations Adang had made in some stage play or other. But for whatever reason, that night I shed tears as I heard them.

That all happened last month. I remember arriving home around 11 PM. I could not close my eyes. My husband, naturally, was still on business in Malang. Ah, is he really a husband? A white man, with a foreign voice and body odor. We had been living under one roof for seven years without there having been any children. Since the first night, Adelaar could not perform his conjugal duty. I viewed this as a blessing, as being a concubine was a gamble. Nothing could be taken for granted. Nothing was eternal. I had often heard of the sad fates of other concubines, who had to leave their masters' homes with their children after their husbands married European women. They would often go down in rank and become *moentji* in the military barracks. That in itself was not so bad. At least they received some form of security. Heaven forbid that I would end up like that. Unfortunately, my prayers to avoid such a fate were not granted. Yesterday evening, the letter in the brown envelope arrived. Although it was exceedingly difficult, I had to make a choice.

"Nyai! Nyai!" I heard again the agitated voice of Mang Ihin.

I quickly dressed. When I opened the door of my room, I saw Uyan and Siti sitting waiting for me on the floor of the dining room. Lines of worry were etched into their foreheads and their lips. I approached them.

"Please choose, will you remain here and be fired by my husband, or immediately go to my cousin's house in Banjarsari?" I asked. "Whatever you decide to do, you are still my responsibility. I will shortly give you my new address. Of course my husband must not know. At least for now. Please understand. Things have changed. But don't be afraid. This is all my fault. And for that I beg your forgiveness."

In the end both chose to remain. So be it. I slipped some coins into their hands. Then I strode swiftly to the coach. All of my suitcases appeared to have been packed properly.

"Not to the opera house, Mang. To a hostel in Gadok. I'll show you the place," I said. Mang Ihin only nodded. I caught a fleeting expression of disapproval on his face, but it didn't delay his taking up the reins. Slowly the coach's wheels moved forward through the drizzle and pools of mud.

My husband would not be home for another two days, but the contents of his letter had already tortured my eardrums and my heart. They struck me over and over again, like the triphammer of a weapon swung by the God Vulcan in an opera that I had once watched with him.

Sarni my wife,

You know, of course, that not many Dutch people call their indigenous partner by the term "wife." I call you "wife" because from the beginning I was looking for a wife. A woman who could be someone to share life with, at the dinner table, in bed, and in places where I need her support and consideration. I ignored the condemning looks of my colleagues. I knew who I was choosing. And among all of the more serious reasons, I loved you because you loved books and opera. You understood the world of theater so much more than those white ladies did. Honestly, I did not think there was anything amiss with you. Till a letter came one day from a friend, the owner of a stage play troupe, who did not feel comfortable that his actor, that acting star Adang Kartawiria, had been seen several times in the company of a nyai. My friend did not mention any name, but in all of these plantations, is there another nyai who loves watching stage plays?

I will arrive Thursday afternoon. I hope that we can immediately settle our issues in one night, because the next day, at dawn, I must go to the field near Gadok.

Some time ago, after receiving this news, I sent a letter to Mr Adang Kartawiria, asking him to return my honor. You know, don't you? A challenge to a duel. I am the party requesting this, so he has the right to choose the place and the weapons. I am happy that your lover is a brave man. He has accepted my challenge, and it appears that he wishes to be involved as an aristocrat in the stage play roles he often plays. He has chosen to fence with swords rather than dueling with pistols. Perhaps he intends to use this incident as the title of his next opera if he survives. I think it is a good idea, "The Stage Play of Two Swords." You can watch it if you want.

On the subject of life or death, do not worry, there will be a notary, witnesses, and medical personnel who will determine which of us is still alive or not. I have already taken care of the documents and will. In short, whoever knocks on your door the next day is the man with the most right to be your husband.

Malang, November 7, 1927

Your husband,

Matthijs Adelaar van Rijk

The evening wind, mixed with raindrops beat against me, wetting my kebaya to the upper arm and chest. Making me shiver not only from the cold but also from an all-consuming fear. There was no point in guessing which of the opera members had betrayed me despite being bribed. What was clear was that Adelaar had been the champion of the fencing tournament in his club last year. Adang would not be able to hold his own against my husband's sword thrusts. I recalled the classical opera "Pranacitra Rara Mendut," which would be performed by Adang and his friends in Gambir Market. Will our fates be the same as both of that story's characters? I could only hope that this stage play hero would not be stubborn, and would be willing to come away with me.

To where, who knows.

All for Hindia

Om Swastyastu.

Dear Mr de Wit, I have received your three letters. A thousand apologies for not immediately answering. It is difficult to leave the Palace. Even more so for a teenage girl like myself. The boy who usually delivers letters to the post office no longer comes. He has registered to join the army reserves. I will find a way to get this letter safely to your hands, although it may take a long time.

Mr de Wit, ever since the Dutch ships came to our shores, the days have gone by slowly. My feet feel like they are walking on coals. And the men no longer speak kindly. Their discussions always end in "war," as if everything can be settled by war.

Yesterday the King asked that the women and children be evacuated at the end of this week. For us, this is confirmation that the point of contact between the King and the Dutch is fading. But must guns speak?

Dear Mr de Wit, I am not afraid of losing my life. Having or losing one's life is up to God alone. I just find it hard to imagine the conditions after the war, not to mention if we are on the losing side. Would there be life if our freedom is snatched from us?

If you intend to come again to the Palace, as you had said in your last letter, please pray that this war does not happen and we can talk again of Nyama Bajang and Kandapat. Or listen to my mother tell the story of Hanuman the magical monkey's adventures.

Om Santi, Santi, Santi, Om

Cheerio,

Your little sister,

Anak Agung Istri Suandani

I put the letter back in its original place. A bit of finely shaved bamboo. I imagined the intricate journey this item had taken before finally landing on my breakfast tray at the Toendjoengan hostel in Surabaya last month.

The bearer of the tray, a young Balinese boy, claimed that he did not know where the bamboo piece came from, and immediately clamped his mouth shut. He even refused the five cents that I pushed into his hand.

Anak Agung Istri Suandani, my little sister. There was not actually any secret in that letter, was there? Only you, appearing in the form of writing, and layer upon layer of memories that came back to me after every word I read. But perhaps it would be disastrous were this letter to fall into the hands of the Balinese or the Dutch, who are suspicious of the possibility of betrayal from either side, as this letter was sent from the Kesiman Palace, but written in near-perfect Dutch by a princess of the palace. By you.

My little sister. You were fifteen years old when I met you with your mother and your older sibling, long before the incident of the stranded Sri Koemala ship on Sanur Beach that set off these serious tensions. I made your family a source for my writing about Mesatiya traditions, which allowed widows of kings to throw themselves into the fire at the cremation ceremony of their late husbands' remains as a sign of loyalty unto death.

This ancient tradition, in addition to an accusation that the King of Badung refused a fine and protected those who robbed the ship, was blown up to become an issue of defiance against the Indies

Government that had to be tamed by military action. Who knows what the world's attitude was. One could only hope that intelligent people could see what was so wrong here.

"Where did you learn such good Dutch?" I asked you one late afternoon.

"From Mr Lange, and from your newspaper," you said, smiling sweetly. "*De Locomotief. Mijn beste nieuwsblad*. My favorite newspaper."

I laughed. Mr Lange was a Dutch businessman who often came to the Palace. He was fluent in Balinese. I had never met him, but having heard how reverently the Balinese spoke his name, I concluded that he was in the same boat as I: a boat of those who go against the stream trying to return the riches and dignity of the native people, which we had exploited shamelessly for three hundred years.

Little sister. After being in the Palace for two months I fell in love with everything you cooked. And watching you practice your dances, being at one with nature, was a blessing that I have never stopped being thankful for. I was once again forced to face a persistent question: was it true that our presence here, ostensibly to bring modern civilization to this place, was necessary?

My reverie was interrupted by the sound of a high pitched whistle indicating the change of the night watch. I took a look around the Kesiman Palace, where we made our bivouac this evening. There were no longer any fires or gunshot explosions. This afternoon, after three hours of clashes with the Badung militia around Tukad Ayung, we were able to occupy this palace.

Little Sister, I remember Pedanda Wayan, your father, who patiently explained that the Badung Kingdom was probably the only kingdom in the world ruled by three kings, who lived in three separate palaces: Puri Pamecutan, Puri Denpasar, and Puri Kesiman, your friendly home. So friendly, that I could hardly believe the news that Gusti Ngurah Kesiman was murdered last night by a nobleman who did not agree with his stance against the Netherlands. I think you are right. Nothing good comes out of war. War ruins everything. Including loyalty and affection.

You ask me to pray so that war can be cancelled? Oh, Little Sister, for centuries we have been infected by the disease of addiction to greatness. I think God Himself is reluctant to hear our prayers. For so long we have disrespected the sovereignty of others. When we broke through the palace's defenses this afternoon, parts of my body felt as if they were falling off each time the soldiers found their targets of destruction: the garden umbrellas, the place where we used to sit and chat, the room dividers, the sacred urns. It is useless to shout don't do that. Looting was done not only by the indigenous army, but also by the European officers.

Yes, this afternoon I also took part in breaking down the palace. Not with the joy of a conqueror, but with the concern of a friend. I had to make sure that none of the soldiers dared lay a finger on your body. I didn't really know what to think when I found out that the palace was empty. Disappointed because I did not see you, or happy, because it gave me hope that somewhere out there, you were gathered with your family safe and sound?

Oh, why do I always assume that military men are immoral? They are the best thing that the Dutch

East Indies have. Some of their members had just completed their tour of duty in Tapanuli or Boné. They hadn't seen their wives and children. Do not question their loyalty. We should question who gave these insane orders.

I studied again the notes of an interview with Major General Rost van Tonningen, the Commander of the Expedition, one day before heading off to Bali: the entire battle fleet consisted of 92 officers and non-commissioned officers, 2312 combined European and Indigenous soldiers, 741 non-military personnel, six large warships of the Dutch East Indies Navy, six transport ships, a logistics ship, a detachment of marines, four 3.7 cm caliber cannons, four 12 cm caliber howitzers. Not to mention Arabian horses for the officers, dozens of health workers, radios, and some military prosecutors.

"Of course you're wondering in amazement, why has such power been brought over here, right?" asked a hoarse voice, as the bushes parted. I turned. A heavily bearded man with an old Kodak camera slung around his neck stood smiling. His face was relaxed, free of tension, as if he had been born and raised on the land on which he was standing. The badge pinned to his chest was that of a journalist's press card, while a giant backpack, filled with a great number of emulsion plates, hung down his back, causing him to lean forward. Both his hands were, with some difficulty, carrying a leather bag containing a tripod and a piece of tarpaulin, but he extended his right hand to me.

"Baart Rommeltje. State documentation." He made no attempt to change his expression so that he would appear more distinguished. This was one renegade civil servant.

"You have your own tent," he went on. "Can I sleep here tonight? The soldiers are playing cards near the logistics tent. It's noisy! It's a shame as I in fact have a large room over there."

"Just sleep here. I am Bastiaan de Wit. *De Locomotief*," I said, touching the camera around his neck. "Cartridge No. 4? You don't want to get rid of this fossil?"

"And change to a Brownie along with the amateurs?" he retorted. "You no doubt missed reading my name on the list of national award recipients last year," he said grinning. "I need another one like this one. As a reserve. For picture sharpness, emulsion plates are still better than rolls of film. It's too bad that the government's coffers are cleaned out all the time for the war effort. Aceh, Tapanuli, Boné. Now Bali."

"All East Indies Governors General are war crazy," I said, helping Baart put down his backpack. "Especially Van Heutz. The victory in Aceh has encouraged him to become a true fascist."

"You talk like Pieter Brooshooft,"[*] Baart said, laughing, observing the night watch soldiers. "I don't think the Denpasar King will attack tonight. He's not a fighter."

"You're right," I nodded. "He's a statesman who has too much self-respect, so much so that he's easily provoked by matters of traditional honor, such as the prohibition of Mesatiya or compensation for this ship."

---

[*] Pieter Brooshooft (1845 - 1921). Journalist, editor-in-chief of *De Locomotief*. Ethical Politics figure along with Conrad van Deventer

"Hello, so now we're caught up in discussing the hot topic of the month," Baart commented, coughing. "So you also don't believe that the ship was looted?"

"That was a small trick of the government to rationalize a gigantic plan," I said, offering a cup of coffee. Baart shook his head.

"What else is new? All liberal folk will think like that, while those who are pro-government will think the opposite," he grumbled.

"Look," I said, sighing. "Kwee Tek Tjiang, the owner of the ship, reported to the Resident that a crate filled with 7,500 guilders in cash inside the ship was stolen by the local people, while other items, such as fish paste and kerosene were able to be secured on the beach." I lit a second cigarette. "If you had that large a treasure in a ship that was about to sink, wouldn't you save the money first, before thinking about the fish paste or the kerosene, whose prices wouldn't amount to much? I'm sure the ship owner's intentions in the beginning were simple: to obtain redress from the King."

"How does this tie in with the East Indies Government?" Baart interrupted.

"Pax Neerlandica," I snorted. "All for Great Hindia. Van Heutz's erotic dream. That bastard realizes that the East Indies' agreement with the Bali kings in 1849 has resulted in the fact that this island is the only area in the East Indies that still has some sovereign kingdoms, which do not swear fealty to the East Indies administrative government. I think that long before becoming Governor General, Van Heutz had planned to stir up Bali in some way. Thus he welcomed the incident of the stranded ship as it gave him a better chance to provoke the anger of the Bali authorities than his politically engineered schemes had, one of which was the prohibition of the Mesatiya ceremony."

"One-sided news coverage has resulted in this expedition receiving the world's blessing. Conversely, the King's refusal to pay a fine to the ship owner, who happened to be a citizen of the East Indies, was considered insubordination against the Governor who is determined to resolve this through legal channels." Baart nodded.

"A great civilization will be destroyed," I said. I told Baart how worried I was about Bali. How worried I was about my little friend. We talked until we were drowsy. After going into the tent, Baart immediately fell into a deep sleep, while in my mind the figure of Anak Agung Istri Suandani appeared with her sweet smile. Her neatly filed white teeth. Her eyes, which moved rapidly in time with the clever sentences emitting from her lips.

She once danced especially for me. I don't remember the name of the dance. Almost her entire body demonstrated some strong emotion in her dance. Crouching, standing, turning her head, spinning around. Her long hair, untied, swayed with the turning of her body. Around. Around. Spinning into a dark hole! No, don't go there! That spin swallowed everything in the universe. I reached out my hand. It was too late. I only heard her screams.

Mr de Wit, help me!

I jumped out of bed. My body was shivering all over. I looked at my watch. Five o'clock. I ducked out of the open door of the tent and saw Baart waving at me from in front of a bonfire. I smelled the aroma of roasting meat and coffee. My stomach growled.

"Your shouts a few moments ago sure weren't from any lovely dreams, were they?" he handed me a glass of hot coffee. "Pack up. The army detail is leaving at seven o'clock."

"You're a government stooge, close to the spies," I said, pulling out a cigarette. "Which battalion will meet the King's army today?"

"A government stooge?" Baart doubled over in laughter. "Don't be stupid, that kind of information is easy to get from the Battalion Commander. But okay. Like yesterday, Battalion 11 is the right wing. Battalion 18 is the left wing. Battalion 20 is in the center, along with the artillery and the engineers. The King will not attack. They will wait. It is expected the troops will face the King's army around Tangguntiti or one of the next villages. If you want to meet your girl, you should go with Battalion 18 through Kayumas village. A source said a group of refugees are gathering near there."

I nodded. By seven o'clock I had blended in with the troops, going along footpaths and lanes of the village. At the same time, the cannons on the warships as well as in our headquarters at the Sanur Customs Area again were firing in the direction of the Denpasar and Pamecutan Palaces. I estimated that it was more than fifty times that I heard loud whistling over our heads. I calculated that one third of those bullets must have hit their marks. I hoped that the royal family really had obeyed the King's orders to evacuate as far away from this hell as possible.

We continued to advance. A group of Badung militia armed only with courage tried to block us off at the western edge of the Sumerta Village. Thankfully they were able to be driven off without many casualties. At eight o'clock, just like Baart's description, we were split into three separate groups. I went with Battalion 18, turning left towards Kayumas Village, while Baart and some other journalists followed Battalion 11 to the right, towards the eastern boundary of Denpasar.

Two hours later, we arrived at a plateau that freed up our view as far as 400 meters to the right. We could vaguely see the right end of Battalion 11, with their blue uniforms marching in a line.

Suddenly from the opposite direction there appeared a long procession. It seemed not to be soldiers, but a group parade or something of that kind. Dressed entirely in white with a variety of glittering ornaments. There was no attempt to slow their pace, and even as they got closer, they broke into a run as if they wanted to hug each member of Battalion 11 warmly. I heard the sounds of rifle shots, interchanging with the sounds of shouted commands and screams of pain.

"Watch out, wait for a sign!" my Battalion Commander shouted, watching through his binoculars. My heart was racing. Suddenly we received shocking news from our spies: that group was everyone from the Denpasar Palace. Starting from the king, the priests, the retainers, and other noblepersons, along with their wives and children.

The whole palace? What about the refugees? I searched for the spy. According to him, there were no refugee villages along the way that we were about to go through. My stomach muscles tightened. Anak Agung Istri Suandani, my little girl. She must be in that procession!

I jumped up on the back of a horse being led by its handler. The beast reared up, but I was able to ride it to the battlefield. I heard the cries of the Battalion Commander, followed by one or two shots in my direction. But the attack did not go on. I could now see the entire Battalion 18 moving slowly to the right in my direction.

Arriving beside Battalion 11, I pulled back on the reins. I almost collapsed watching the terrible scene before me. Dozens of men, women, children, even babies in their mothers' arms, wearing the most elaborate costumes I'd ever seen, continued to crawl towards Battalion 11, whose soldiers nervously shot their Mausers in response to the Battalion Commander's signals.

That beautiful entourage truly appeared to be seeking death. Whenever a volley of bullets cut down bodies, others quickly took their place behind them, continuing to advance towards death. An old man, perhaps a priest, chanted prayers as he jumped to the left and right stabbing his dagger into the bodies of his dying compatriots, ensuring that their lives were completely extinguished. I think this was the worst catastrophe that had ever befallen everyone who was involved.

Half an hour later, all had gone quiet. The gunpowder smoke cleared. I recalled that one name, then as if possessed by the devil, ran to the pile of corpses. I sorted through them, trying to match dozens of bits of flesh with the face that stuck in my memory. I recognized none of them. All had been crushed.

In my despair, I was startled. Over there, from the right side of the pile, a figure slowly emerged. A young woman. Her torso covered in thick red blood. Her injured breasts jutted out from the remains of her clothing She stared a moment with eyes that were no longer whole, then threw something in my direction. Just as my hand moved to catch what it was, there was a loud crack. Like a fountain, blood spouted from the side of the woman's head. I turned. An indigenous soldier was lowering his rifle. I looked at the item lodged in my fingers, and I suddenly lost control. I knocked the soldier to the ground, then I rammed my knees into his chest, and smashed my fists into his face, again and again and again.

"Coins! She threw coins at me, and you shot her in the head! Murderer!" *)

---

*) During the September 20, 1906 Puputan, a large number of women deliberately threw coins or jewelry as a sign of payment to the Dutch soldiers who were willing to kill them

"Enough!"

Something smashed into my neck. I fell over.

"This is what happens when journalists get involved in war." Blearily I saw General Rost van Tonningen re-holstering his pistol while gazing around, before looking back at me.

"Stop writing bad things about us. I and my army know exactly what we are doing. All for the East Indies. Only for the East Indies. What about you? What is your calling?"

I did not answer. I could not answer.

G

Eine Sternschnuppe

Früh am Morgen. Immer noch war die Anspannung in jedem Winkel des Forts zu spüren. Ein Gefühl der Enge, welches uns von allen Seiten bedrängte. Dann und wann wehte der faulige Geruch des Kali-Besar-Kanals herüber, dann wieder roch es nach Rauch von schwelenden Feuern. Nachdem ich sechs Stunden lang Befehle geschrien und mein Gewehr abgefeuert hatte, wünschte ich mir nichts sehnlicher, als meine Kleider abzulegen und ein Bad zu nehmen.

Die chinesischen Rebellen waren keine leichtzunehmenden Gegner. Sie waren zahlreich und darüber hinaus kluge Strategen. Seit neun Uhr in der Frühe waren sie gegen unsere Tore angerannt. Doch das Fort von Batavia war immer noch das wehrhafteste, vorausgesetzt, die Truppen waren gut gedrillt und in der Lage, die Stellung an allen achtzehn rund um das Fort aufgestellten Kanonen zu halten. Zu unserer großen Erleichterung war es uns spät am Abend gelungen, die Rebellen zum Rückzug zu zwingen.

Noch einmal ließ ich meinen Blick über das Fort schweifen: Am großen Südtor hatten sich die Soldaten niedergelassen, vermutlich erschöpft vom erfolgreichen Kampf gegen das Feuer, bei dem eine Stunde zuvor das Kompaniezelt niedergebrannt war. Weiter rechts hielten sich auf den Kanälen rings um das Fort immer noch mehrere mit jeweils drei oder vier Musketieren besetzte Boote in Alarmbereitschaft, eine zweite Sicherheitslinie für den Fall, dass die Tore fielen. Und noch weiter im Hintergrund erschienen zwischen den Hausdächern Seite an Seite die Silhouette des Rathausturms und die Kuppel der Nieuwe Hollandse Kerk, als stünden sie zusammen, um uns zu versichern, dass wir immer noch die Kontrolle über diese Stadt hatten. Für den Augenblick schien tatsächlich alles unter Kontrolle zu sein. Ich konnte mich eine Weile aufs Ohr legen. Doch erst musste ich noch bei meinem Vorgesetzten, Hauptmann Jan Twijfels, vorsprechen, der mich zu sich hatte rufen lassen.

Aus meiner Bewunderung für Hauptmann Twijfels habe ich nie einen Hehl gemacht. Vor zwanzig Jahren, im Alter von achtzehn Jahren, hatte er im Sepanjang-Krieg gegen die vereinigten Streitkräfte von Surabaya und Bali einen Stern bekommen, weil er, obwohl schwer verwundet, seine Stellung gehalten hatte. Moralisch vertraten wir dieselbe Linie: Auch er war dagegen, sich eine Geliebte zu halten. Seine Frau war Niederländerin. Er hatte sie zusammen mit den beiden kleinen Kindern nach Java kommen lassen. Als Mitglied des Rats genoss er hohes Ansehen.

Kaum hatte ich die Zelttür beiseite geschoben, erblickte ich seine große schlanke Gestalt. Er hatte die Perücke abgenommen und saß an einem Tisch, vor sich einen Berg von Akten mit Rapporten. Seine Uniform wirkte ungepflegt, die weiße Jacke war unordentlich geknöpft. Auf dem Boden verstreut lagen achtlos dorthin geworfene Säbel, Gewehre und Munitionsbeutel.

„Leutnant Goedaerd", sagte Hauptmann Twijfels und schob eine Flasche und ein kleines Glas in meine Richtung. „Wie wär's mit einem Schlückchen chinesischen Weins auf unseren Sieg?" Seine Stimme klang heiser.

„Reiswein um ein Uhr früh?", fragte ich schmunzelnd und zog einen Stuhl heran. „Beschlagnahmte Beute oder eine weitere Gabe von Hauptmann Nie Hoe Kong?"

„Was macht das für einen Unterschied?" Hauptmann Twijfels zuckte die Schultern. „Trinken Sie. Er ist nicht nur ausgesprochen gut, sondern Sie werden ihn auch brauchen, bei dem, was wir zu besprechen haben."

„Das klingt ja wenig beruhigend." Ich goss mein Glas viertelvoll und leerte es in einem Zug. „Geht es um die Chinesen, die hier im Fort leben, Hauptmann? Wir haben bekannt gegeben, dass es ab heute, dem Morgen des 8. Oktober 1740, der chinesischen Bevölkerung untersagt ist, das Fort zu verlassen. Und ab 18:30 Uhr abends müssen alle in ihren Behausungen bleiben und dürfen kein Licht machen. Außerdem müssen sie all ihre Waffen ihren Oberen übergeben. In diesem Jahr wird es kein chinesisches Neujahrsfest geben."

„Sehr gut." Hauptmann Twijfels erhob sich von seinem Stuhl und wanderte mit auf dem Rücken verschränkten Händen auf und ab. „Aber das ist nicht der Grund, warum ich Sie hergebeten habe, auch wenn die Angelegenheit, um die es geht, mit den Chinesen in Zusammenhang steht."

„Lesen Sie das", sagte er und deutete auf einen Stapel Papiere. „Seit den ersten Vorkommnissen im

Februar haben sich die Unruhen ausgeweitet. Es ist zu einer Reihe von Scharmützeln gekommen, was leider nicht den Eindruck erweckt, dass wir die Situation unter Kontrolle hätten. Ende September wurde der Posten in Qual in Bekasi von fünfhundert Männern angegriffen, und am 7. Oktober der Posten in Dientspoort. Auch die Truppen, die wir nach Tangerang geschickt haben, wurden attackiert. Zwei Offiziere und vierzehn Soldaten wurden getötet.

In Anbetracht dieser Entwicklung ist die Sorge des Generalgouverneurs, die Chinesen hier im Fort könnten sich von all dem anstecken lassen und sich gegen uns erheben, nicht völlig aus der Luft gegriffen", fuhr Hauptmann Twijfels fort. „Und natürlich hat Nie Hoe Kong nicht das Zeug, chinesischer Hauptmann zu sein. Ihm fehlt die Autorität, er hat seine Landsleute nicht im Griff. Mehr noch, ich habe ihn sogar im Verdacht, dass er hinter all dem steckt. Immerhin war die Verschwörung seiner Arbeiter auf den Rohrplantagen doch der Ausgangspunkt der Unruhen, nicht wahr?"

„Das stimmt", antwortete ich. „Es ist nur... Ich frage mich, wie es überhaupt so weit kommen konnte. Früher war unser Verhältnis zu der chinesischen Gemeinde hier doch recht freundschaftlich, oder?" Mein Blick fiel auf einen Teller auf dem Tisch des Hauptmanns. Er war aus blauem Porzellan, das Motiv war ein Feuer speiender Drache.

„Tja, die Chinesen. Seit ihrer Gründung vor hundert Jahren ist die Stadt sozusagen in chinesischer Hand. Nennen Sie mir einen Wirtschaftszweig, den sie nicht dominieren – einmal abgesehen vom Beamtentum natürlich." Hauptmann Twijfels warf mir einen forschenden Blick zu. „Schmiede, Schnapsbrenner, Schuster, Bäcker, Buchmacher, Geldverleiher, Steuereintreiber, Vorarbeiter auf den Zuckerplantagen. Und in allem sind sie so tüchtig, dass wir daneben aussehen wie ein Haufen Versager."

„Und dann führte ihr Erfolg in der Bewirtschaftung der Zuckermühlen dazu, dass ihre Verwandten aus China ebenfalls herüberkamen." Der Hauptmann griff nach seiner Pfeife, stopfte sie und steckte sie an.

„Diese Neuankömmlinge besaßen in der Regel keinerlei Fähigkeiten, und als die Zuckerindustrie bankrott ging, begannen sie, durch die Straßen zu streunen, und die Zahl der Verbrechen stieg an", fuhr der Hauptmann fort und blies Rauch in die Luft. „Wir brauchen sie, um die Wirtschaft am Laufen zu halten, doch natürlich ist es auch unsere Pflicht, die Stadt von Unrat zu säubern. Denken Sie nicht, Leutnant?"

Ich runzelte die Stirn. „Sie machen Geld, das stimmt. Aber das verschwindet in den privaten Taschen der Regierungsangestellten. Die Staatskassen sind leer, aber diese Kerle leben in in Saus und Braus. Seit Jahren geht das so. Und jetzt wollen wir die Chinesen loswerden, weil sie zu einer echten Konkurrenz geworden sind und sich bestens behaupten, obwohl wir ihnen mit Steuern und Aufenthaltsgenehmigungen alle erdenklichen Steine in den Weg legen."

„Wollen Sie damit sagen, wir sind an all dem schuld?"

„Ich versuche lediglich, es von einer anderen Warte aus zu betrachten", sagte ich und kratzte mich am Kopf. „Der Kern des Problems ist verzwickt und festgefahren, doch der Ursprung lässt sich immer noch ausmachen. Wenn der

Fehler im System liegt, wozu dann nach außen schauen?"

„Erklären Sie sich genauer."

„Herr Hauptmann, soll das hier ein Verhör werden?", fragte ich lachend.

„Ich wollte nur Ihre persönliche Meinung hören."

„Die habe ich doch gerade kundgetan, oder?"

Hauptmann Twijfels zog die Brauen zusammen. „Es scheint also zu stimmen, was in den Vermerken Ihres früheren Vorgesetzten stand."

„Bedeutet das, ich tauge für den Auftrag, den Sie im Sinn haben?"

„Ihr Blickwinkel ist ein wenig anders. Aber das sollte kein Problem sein."

„Ich verstehe immer weniger, worum es hier eigentlich geht."

„Nun gut. Kehren wir noch einmal zum Thema zurück. Wenn, wie Sie sagen, das alles unsere Schuld ist, wer trägt dann die Hauptverantwortung?"

„Der höchste Beamte in Niederländisch-Ostindien natürlich."

„Generalgouverneur Adriaan Valckenier?"

„Genau der", nickte ich.

Hauptmann Twijfels schwieg lange, leerte dann bedächtig sein Glas und nahm schließlich wieder auf seinem Stuhl Platz.

„Wenn ich ehrlich sein soll, hätte ich Sie lieber nicht in diese Sache verwickelt, Leutnant. Doch da Sie mein bester Mann sind und auch um Ihrer eigenen Sicherheit willen ..." Der Hauptmann führte den Satz nicht zu Ende, sondern zeigte mir stattdessen ein Plakat.

„Er hat mir bei der Neujahrsparade die Hand geschüttelt", sagte ich, während ich das Bild betrachtete. „Aber was hat Gustaaf Willem von Imhoff mit meiner Sicherheit zu tun?"

„Wir befinden uns mitten in der Fehde zweier Giganten, Leutnant. Die chinesischen Rebellen sind nicht unser einziges Problem", murmelte Hauptmann Twijfels. „Zwei Giganten: das Lager von Valckenier auf der einen Seite, von Imhoffs auf der anderen. Alles begann mit der Wahl des neuen Generalgouverneurs nach dem Tod von Abraham Patras."

„Von Imhoff hat sich offen gegen Valckenier gestellt? Das wusste ich nicht."

„Von Imhoffs Fraktion hatte im Rat weithin Unterstützung gewonnen. Dennoch wurde Valckenier zum Generalgouverneur ernannt. Seither hat von Imhoff, nunmehr Vizegouverneur und offizieller Ratgeber des Generalgouverneurs, eine Reihe von Anschuldigungen gegen Valckenier vorgebracht, zu denen er als oberster Staatsmann Stellung beziehen soll. Angefangen mit dem Verlust der Vormachtstellung an die Englische Ostindien-Kompanie über Bestechung bis hin zu Unstimmigkeiten in den Exportzahlen für Zucker, und in jüngster Zeit der Verkauf von Aufenthaltsgenehmigungen an die Chinesen. Valckeniers Reaktion darauf war, von Imhoff einen zaudernden, unentschlossenen Schwächling zu nennen."

„Welcher von beiden ist glaubwürdiger?"

„Dazu kommen wir später, Leutnant."

Ein Schatten zog über Hauptmann Twijfels Gesicht, als er mich ansah. „Letzte Woche wurde ich von einer geheimen Gruppierung kontaktiert, die hinter Valckenier steht. Man bat mich um

Unterstützung durch unsere Eliteeinheit. Und Ihnen wird die Ehre zuteil, sich der Sache anzunehmen." Hauptmann Twijfels hob eine Pistole vom Boden auf und legte sie auf den Tisch, sodass der Griff in meine Richtung zeigte. „Eliminieren sie Baron von Imhoff."

Ich sprang so heftig auf, dass ich beinahe das Gleichgewicht verlor.

„Das ist absolut verrückt. Warum muss er aus dem Weg geräumt werden und warum ausgerechnet von mir?"

„Die Befehle kommen von oben. Wir sind nur das ausführende Werkzeug", erwiderte Hauptmann Twijfels und schenkte sich noch einmal nach. Diesmal war das Glas fast voll. „Wenn Sie fragen, warum gerade Sie ausgewählt wurden, sollten Sie sich erst einmal die positive Seite anhören", sagte er dann. „Erstens werden Sie nicht allein sein. Drei weitere Männer aus anderen Eliteeinheiten werden Sie unterstützen. Leider kenne ich nur ihre Decknamen: Leutnant Jan de Zon, Sergeant van Ster, und Sergeant Maan. Zweitens, die Identitäten auf unserer Seite werden soweit als möglich geheim gehalten. Und drittens wird heute um zehn Uhr ein Kurier ein Päckchen mit Ihrer Entlohnung zu Ihnen nach Hause bringen. Genug, um sich davon ein gutbürgerliches Anwesen in Tangerang zu kaufen. Nachdem Sie den Auftrag ausgeführt haben, erhalten Sie noch einmal den gleichen Betrag und obendrein einen Bonus von dreißig Prozent."

Ich schüttelte den Kopf. „Für solch ein Unterfangen bräuchte man ein ganzes Regiment und eine volle Woche Vorbereitungszeit."

„Dafür bleibt keine Zeit. Aber die Kompanie hat einen Geheimtrupp von Elitesoldaten zusammengestellt, der sich ebenfalls an den Einsatzort begeben wird. Alles Anhänger von Valckenier. Man wird dafür sorgen, dass nichts nach außen dringt." Hauptmann Twijfels blies den restlichen Rauch in die Luft und klopfte dann die Pfeife aus.

„Und wo genau ist der Einsatzort?"

Der Hauptmann zeigte mir einen Punkt auf der Landkarte an der Wand. „Tenabang", sagte er. „Am 5. Oktober begab sich von Imhoff mit ein paar Männern seiner Truppe unter der Leitung von

Leutnant Hermanus van Suchtelen und Hauptmann Jan van Oosten nach Tenabang, um sich dort mit Tan Wan Soey zu treffen, einem der Rebellenführer. Valckenier hält Unterhandlungen für zwecklos. Auch von Imhoff hatte sich auf das Schlimmste vorbereitet und sogar militärische Unterstützung angefordert, weil er wusste, dass sechs Kanonen, die von Trägern aus Batavia gebracht worden waren, mitsamt den Munitionskisten irgendwo in den Reisfeldern verloren gegangen waren. Was er nicht wusste oder ahnte ist, dass die Nachlässigkeit der Träger nicht von ungefähr kam."

„Das Ganze wurde von hier aus eingefädelt?", fragte ich verunsichert. Ich fühlte ich mich wie eine verwirrte Maus in der Falle.

Der Hauptmann nickte. „Unser Leben hier in Batavia ist wie ein Märchen. Leute, die als Knechte aus Holland hierherkommen, sind plötzlich wohlhabend und verkehren in einflussreichen Kreisen. Doch jetzt könnte genau das Gegenteil geschehen: Ein Stern, der einst hoch oben am Himmel leuchtete, könnte durch die kranken Machenschaften der Regierenden tief hinabstürzen.

„Was ist, wenn ich mich weigere, den Auftrag auszuführen?"

Hauptmann Twijfels band die Krawatte ab und warf sie auf den Boden.

„Ihre Gattin kommt aus Friesland, nicht wahr, Leutnant? Wie geht es ihrem Töchterchen? Wenn ich mich recht entsinne, ist sie noch jünger als meine Kinder. Sie sind seit drei Jahren verheiratet, richtig? Ach ja, und die Raten für Ihr Haus sind überfällig. Wie lange können Sie die Zahlung noch aufschieben?"

„Sie Mistkerl! Wehe, Sie rühren meine Frau oder mein Kind an!" Ich wollte ihn bei der Kehle packen, doch er war schneller. Er sprang zurück und richtete die Pistole auf mich.

„Beruhigen Sie sich, Leutnant. Denken Sie vielleicht, mir hätte man nicht gedroht? Die haben sogar drei Mal meine Frau und die Kinder aufgesucht. Können Sie sich vorstellen, was das für ein Leben ist? Ein angesehener Kriegsheld, wehrlos und unter Druck gesetzt. Zeitweilig versank ich in Depressionen, doch wie Sie habe ich mir meinen gesunden Menschenverstand bewahrt. Und darum sage ich mir: Es gibt nur eins, du musst diese Sache so schnell wie möglich hinter dich bringen. Ich möchte nämlich in Frieden leben und gemeinsam mit meiner Familie alt werden."

Ich sackte innerlich zusammen. Alles, was ich bis zu diesem Zeitpunkt empfunden hatte, einschließlich meiner Bewunderung für Hauptmann Twijfels, existierte mit einem Mal nicht mehr. „Wie lautet der Plan?", fragte ich schließlich resigniert.

„Bitte verzeihen Sie mir, Leutnant." Hauptmann Twijfels senkte die Waffe. „Gehen Sie nach Hause. Ich werde hier alles regeln. Finden Sie sich um drei Uhr vor dem Oen-Geschäft ein. Lassen Sie ihre Uniform zu Hause. Ihr Pferd ebenfalls. Und binden Sie sich das hier um den linken Arm." Er reichte mir ein weißes Band. „Jemand mit dem Kodenamen ‚Sternschnuppe' wird sie dort abholen. Ihre Parole lautet: ‚Das Licht ist verblasst.' Er wird sie zu der Geheimtruppe nach Jati Pulo führen."

„Am Abend dann wird Leutnant de Zon sich mit von Imhoff treffen. Sie und die beiden Sergeants werden sich an drei unterschiedlichen Positionen in der Nähe aufhalten. Einer der Soldaten wird etwas inszenieren, damit die Chinesen angreifen.

Unter dem Vorwand, ihn schützen zu wollen, wird Leutnant de Zon von Imhoff von seiner eigenen Truppe trennen und gemeinsam mit ihm und der Geheimtruppe den Rückzug antreten, genau an ihrer Position vorbei. Das ist der Moment, wenn der Todesengel zuschlägt. Der Schuss muss von hinten abgegeben werden, damit es so aussieht, als hätte der Feind ihn abgefeuert. Sollten Sie das Ziel verfehlen, springen die beiden Sergeants ein. Ich wünschen Ihnen viel Glück. Ihr Deckname lautet übrigens Hendriek van Aarde. Ihre Papiere liegen dort drüben."

Ich schwieg, auch als ich nach Hause kam. Meine Frau und meine Tochter schliefen noch tief und fest. Ich betrachte sie eine Weile und küsste dann beide auf die Stirn. Ich bereute meine Laufbahn. Bereute meine im Vergleich zu meinen Kameraden überdurchschnittlichen militärischen Fähigkeiten, weil sie mich zur leichten Beute machten für jene, die sie für ihre eigenen Zwecke missbrauchen wollten. Ja ich, Jacob Maurits Goedaerd, ehemals Soldat. Jetzt ein bezahlter Mörder. Verachtenswerter als ein Räuber. Ein Räuber sieht seinem Opfer wenigstens in die Augen, doch ich würde aus dem Hinterhalt schießen. Immerhin würde ich dadurch vermutlich einer Strafe entgehen. Ich würde aus dem Militärdienst ausscheiden, ein neues Leben beginnen. Weiß der Himmel als was. Ich starrte auf das Pendel der Standuhr in der Zimmerecke, bis ich einschlief.

Halb drei. Nachdem ich am Morgen meine Familie belogen und erzählt hatte, ein Kurier würde später eine Sonderprämie auf mein Gehalt bringen, stand ich nun vor dem Oen-Geschäft, etwas abseits der westlichen Kali-Besar-Straße, in der Nähe einer Brücke. Fest geschultert an der rechten Seite trug ich Hauptmann Twijfels Gewehr. Eine umgerüstete *Donderbusche* mit Kupfermunition. So, wie sie gewöhnlich die chinesischen Rebellen benutzten. Natürlich war das Teil des Plans.

Eine Stunde verging. Am Straßenrand wurden nach und nach die Essensstände aufgebaut. Verlockende Düfte wehten heran und ich bekam Appetit. Wo blieb dieser dumme Kerl? Ich rückte die Binde an meinem Arm zurecht, damit sie auch von Weitem gut sichtbar war. Um halb fünf war immer noch niemand aufgetaucht.

Ich beschloss, an einem der Stände in der Nähe des Fischmarkts, wo es gebratene Ente gab, einen Happen zu mir zu nehmen. Den Stand betrieb eine alte chinesische Frau, ihr Sohn ging ihr dabei zur Hand. Angst und Sorge spiegelte sich in den Gesichtern der beiden. Vermutlich hatten sie von den Kämpfen in der vergangenen Nacht gehört. Diese Menschen steckten in einer Zwickmühle. Blieben sie bei uns, so würden sie bis aufs Mark ausgesaugt werden. Verließen sie das Fort, würde man sie zwingen, sich den Rebellen anzuschließen.

„Guten Tag, mein Herr", grüßte ich den Mann neben mir. Auch ein Niederländer. Vielleicht ein Offizier auf Urlaub. Er war so dick, dass der Griff des Säbels an seiner Seite beinahe unter seinem Bauch verschwand. Der Teller vor ihm war so vollgeladen, dass er immer noch nicht aufgegessen hatte, als ich mich erhob, um mich zurück auf meine Position zu begeben.

Ich mochte nicht mehr stehen, darum borgte ich mir von einem der Stände eine kleine Bank. Kaum hatte ich mich gesetzt, hörte ich plötzlich aus südlicher Richtung mehrere laute Explosionen, vermutlich Kanonenfeuer, gefolgt von einem

Geräusch, das ich zuerst nicht bestimmen konnte. Dann wurde es zunehmend deutlicher. Es waren menschliche Schreie. Todesschreie. Laut und markerschütternd.

Ehe ich Gelegenheit hatte zu begreifen, was da vor sich ging, sah ich mit einem Mal eine riesige chinesische Menge durch die Straßen strömen. Sie rannten die Kali-Besar-Straße entlang, die Tijgersgracht und die Jonkersgracht hinunter, und sogar hinein bis in die Gassen von Gudang Timur, drei Kreuzungen von meiner Position entfernt. Doch kaum waren sie an der Mündung einer Gasse oder an der Brücke angelangt, sackten sie unvermittelt in Scharen zu Boden, wie Marionetten, denen man die Schnüre durchgeschnitten hat. Jene, die noch standen, stießen einander beiseite und trampelten über die am Boden Liegenden. Andere stürzten schwer verletzt in den Fluss. Ihre Körper tauchten unter und trieben kurze Zeit später leblos zurück an die Oberfläche.

Und dann spielte sich, wie der Schlussakt einer grausigen Tragödie, wie ein aberwitziger, geisteskranker Albtraum das Folgende vor meinen Augen ab: Eine Horde Niederländer, bestimmt Hundert an der Zahl und mit ihnen einheimische Matrosen und Träger, folgten der Menge der Chinesen. Doch sie liefen ihnen nicht einfach nach. Nein, sie jagten sie. Wie ein Rudel Berglöwen, das eine Herde Bisons über die Prärie vor sich hertreibt. In den Händen dieser Leute sah ich Säbel und Äxte. Und jedes Mal, wenn eine der Waffen niederfuhr, verlor in der Menge vor ihnen ein weiterer Mensch sein Leben. Einige der Matrosen feuerten gar wild drauflos und schrien dabei, als wären sie besessen.

Binnen weniger Minuten türmten sich überall Berge blassgelber toter Körper, links und rechts der Straße und vor allem auch im Fluss. Eine Vernichtung sondergleichen.

Auf der Tijgersgracht, dem prächtigsten Straßenzug Batavias und nur einen Steinwurf von meiner Position entfernt, sah ich chinesische Häuser und Geschäfte in Flammen aufgehen. Die Eigentümer hatte man zuvor in einer langen Reihe entlang des Flusses aufgestellt und einen nach dem anderen mit dem Säbel enthauptet. Die Hölle hatte sich aufgetan und blutrünstige Teufel in Menschengestalt suchten die Erde heim. Ich kannte den Anblick übel zugerichteter Leichname auf dem Schlachtfeld, doch niemals zuvor hatte ich Menschen auf solche Art sterben sehen.

Auch wenn nicht zu übersehen war, auf wen diese Wahnsinnigen es abgesehen hatten, zog ich zur Sicherheit meine Pistole aus dem Holster.

„Gut! Mit einer Pistole geht es noch schneller!", schrie mir ein vorübereilender Niederländer zu, der zwei gut gemästete gestohlene Schweine hinter sich herzog.

„Was ist passiert?", rief ich immer wieder, ohne dass meine Frage an jemand Bestimmtes gerichtet gewesen wäre. Alle waren tot. Die alte Frau, die kurz zuvor noch gebratene Ente serviert hatte, lag zwischen zerbrochenen Tellern und verschüttetem Reis unter dem Tisch. Desgleichen ihr Sohn. Vor ihnen stand der dicke Kerl, der beim Essen neben mir gesessen hatte. Der Säbel in seiner Hand war ebenso rot wie sein Gesicht und seine Kleider.

„Sind Sie von Sinnen? Diese Menschen haben gerade noch Ihr Essen zubereitet!", fluchte ich. Der Dicke schnaufte tief durch, als wäre er gerade aus einem Traum erwacht. Wortlos warf er in hohem Bogen seinen Säbel in den Fluss, machte kehrt und verschwand. Ich wollte es ihm gleichtun und mich so weit wie möglich von diesem verfluchten Ort entfernen, doch plötzlich hörte ich eine heisere Stimme rufen: „Eine Sternschnuppe!"

Das war das Codewort, auf das ich seit Stunden gewartet hatte.

„Das Licht ist verblasst!", antwortete ich und schaute mich ein wenig nervös um. Die Stimme gehörte zu einem alten Mann. Er trug einen schwarzen Mantel und hatte eine lange Narbe auf der rechten Wange. Ich sah etwas in seiner linken Hand aufblitzen. Vielleicht ein kleiner Dolch, vielleicht bloß eine Gabel. Was ich jedoch deutlich erkannte, waren die Blutstropfen darauf.

„Die Sache wurde verschoben. Von Imhoff ist früher als geplant heimgekehrt. Valckenier hat am Nachmittag überraschend die Liquidierung dieser Leute hier angeordnet. Warten Sie auf weitere Instruktionen", sagte er, rückte seinen Samthut zurecht und verschwand in der Menge.

Liquidierung? Ich war wie vor den Kopf geschlagen.

Langsam schob ich meine Pistole zurück ins Holster. Es dunkelte bereits, doch ich rührte mich nicht vom Fleck. Vielleicht weil ich keine Ahnung hatte, was ich jetzt tun sollte. Überall um mich herum flammten Feuer auf. In der leichten Abendbrise vermengte sich der beißende Brandgeruch mit dem bitteren Geschmack von Blut. Und plötzlich wurde mir speiübel.

Lebewohl, Hindia

Der alte Chevrolet, in dem ich saß, verlangsamte seine Fahrt und hielt schließlich vor einer Bambusbarrikade, die das Ende der Noordwijk-Straße versperrte. Wenig später tauchte, wie in einem Albtraum, eine Gruppe langhaariger, Waffen schwingender Männer aus dem linken Gebäudeteil auf, gekleidet in verschiedene schäbige Uniformen, rot-weiße Tücher um den Kopf gebunden.

„Rebellen", raunte Dullah, mein Fahrer, mir zu.

„Zeig ihnen meinen Presseausweis", flüsterte ich zurück.

Dullah wies mit dem Finger auf das Stück Papier an der Frontscheibe. Einer der Männer schaute zum Seitenfenster hinein.

„Wohin wollt ihr?", fragte er. Er trug einen schwarzen *Peci*. Sein buschiger Schnurrbart teilte sein Gesicht in zwei genau symmetrische Hälften. Seine Augen funkelten uns bedrohlich an.

„Freiheit, mein Herr! Wir sind auf dem Weg nach Gunung Sahari. Mein Passagier ist Journalist. Er ist ein guter Mann." Dullah deutete über die Schulter mit dem Daumen auf mich und versuchte, sich seine Unruhe nicht anmerken zu lassen.

„Steig aus, wenn ich mit dir rede, verflucht noch mal!", schrie ihn der Schnurrbart an und schlug mit der Faust auf die Kühlerhaube. „Der Fremde auch!"

Wir beeilten uns, seiner Aufforderung Folge zu leisten. Der Schnurrbart und einige seiner Freunde durchsuchten uns von oben bis unten. Das Päckchen mit den Davros-Zigaretten, von denen ich erst eine einzige genossen hatte, wanderte sofort in seine Hemdtasche. Ebenso einige Scheine japanischen Militärgelds aus meiner Brieftasche. Einer der Strolche kletterte in den Wagen, durchwühlte erst das Handschuhfach, setzte sich dann auf den Fahrersitz und kurbelte am Lenkrad herum, wie ein kleines Kind, das Autofahren spielt.

„Martinus Witkerk. *De Telegraaf*", las der Schnurrbart von meinem Entsendungsschreiben ab. „Du bist Niederländer?"

„Er spricht kein Malay, er kommt aus Holland", mischte Dullah sich rasch ein. Das war natürlich gelogen.

„Ich hab ihn gefragt, verdammt, nicht dich!", brüllte der Anführer und schlug Dullah ins Gesicht. „Deine Freunde sterben im Kugelhagel, und du hilfst den Kolonialisten. Haut bloß ab, verschwindet hier!" Er gab mir meine Brieftasche zurück und zündete sich eine der entwendeten Zigaretten an.

„Danke, Dullah", sagte ich, als wir kurze Zeit später unseren Weg fortsetzten. „Alles in Ordnung?"

„Alles in Ordnung", erwiderte Dullah. „Einige von ihnen sind leider so. Nennen sich Freiheitskämpfer, überfallen aber die Menschen in ihren Häusern und verlangen Geld oder Essen. Und oft belästigen sie auch die Frauen. Ein Glück, dass ich am Steuer saß. Wäre Herr Schurck statt meiner gefahren, hätte ich nicht für Ihrer beider Leben garantiert. Diese Leute haben schon häufiger Europäer getötet, die zu leicht die Fassung verlieren. Dass Sie Journalisten sind, interessiert die nicht."

„Jan Schurck hat ganz bestimmt ein Talent, sich Ärger einzuhandeln", lächelte ich. „Darum bezahlt die *Life* ihn auch so gut."

„Sind Sie sicher, dass Sie die richtige Adresse der jungen Dame haben?"

„Ja, gleich gegenüber des militärtopografischen Büros. Natürlich weigert Fräulein Dickkopf sich, fortzugehen."

Eigensinnige Maria Geertruida Welwillend.

Geertje! Ja, so wurde sie genannt.

Ich war ihr im Internierungslager in Struiswijk begegnet, kurz nachdem die Alliierten die offizielle Kapitulation der Japaner verkündet hatten.

Damals hatte ich mit einigen Pressekollegen im Hotel Des Indes, das jetzt wieder unter niederländischer Leitung stand, die möglichen gesellschaftlichen Auswirkungen der japanischen Niederlage auf den Malaiischen Archipel diskutiert.

„Die Unabhängigkeitserklärung und der Zusammenbruch der Gemeindeverbände haben die einheimischen Jugendlichen den Unterschied zwischen ‚Freiheitskämpfer' und ‚Krimineller' vergessen lassen. Der schwelende Hass auf die Weißen und alle, die man als Kollaborateure betrachtet, macht sich Luft in den verlassenen Straßen europäischer Wohnviertel, die unmittelbar an einheimische Dörfer angrenzen", sagte Jan Schurck und warf ein paar Fotos auf den Tisch.

„Mein Gott. Die hat man ja wirklich zu Hackfleisch verarbeitet", rief Hermanus Schrijven vom *Utrechts Nieuwsblad* nach einem Blick auf die Bilder aus und bekreuzigte sich. „Soviel ich gehört habe, sind diese Metzger sogenannte Dorfkämpfer, von der Armee angeheuerte Diebe. Einen Teil ihrer Beute verteilen sie an die Gemeinschaft, doch das Meiste stecken sie selbst ein."

„Patriotische Räuberbanden." Jan zuckte die Schultern. „Die gab es zu allen Zeiten. In der Französischen Revolution, in den bolschewistischen Revolutionen, und auch heutzutage unter den Partisanen in Jugoslawien."

„Die unehelichen Kinder der Revolution", sagte ich.

„Ich hasse den Krieg." Hermanus schnippte den Zigarettenstummel fort.

„Die Europäer sind blind gegenüber den Gefahren", sagte ich. „Nach so langer, harter Zeit im Internierungslager wollten sie nur noch nach Hause. Sie haben keine Ahnung, dass aus ihren Bediensteten inzwischen Freiheitskämpfer geworden sind."

„Ich denke, viele haben gar nicht mitbekommen, dass Lord Mountbatten dazu aufgerufen hat, bis zum Eintreffen der Alliierten in den Lagern zu bleiben", meldete sich Eddy Taylor vom *The Manchester Guardian* zu Wort.

„Ja, vermutlich. Und die japanischen Befehlshaber sind nach der Niederlage des Lebens so müde, dass sie ihre Gefangenen einfach laufen lassen. Sehr beunruhigend das Ganze." Jan steckte sich zum x-ten Mal eine Zigarette an.

„Es könnte noch schlimmer kommen", warnte ich. „Am 15. September sind die britischen Streitkräfte in der Bucht von Batavia gelandet, und die Tatsache, dass ihre Schiffe von einem niederländischen Kreuzer begleitet wurden, hat in hiesigen Militärkreisen für beträchtliche Aufregung gesorgt. In deren Augen bestätigt es die Vermutung, dass die Niederländer in den Archipel zurückkehren werden."

„Mal unter uns: Glaubt ihr, sie planen tatsächlich, zurückzukommen?" Eddy Taylor blickte abwechselnd zu Jan und mir.

Unser Gespräch wurde jäh unterbrochen durch einen Ausruf von Andrew Waller, Reporter beim *Sydney Morning Herald*, der vor dem Radio gehockt und gebannt die Berichterstattung verfolgt hatte.

„Hört zu! Das klingt höchst interessant! Ehemalige Soldaten der KNIL und britische Soldaten haben heute Morgen mit der Verlegung der Lagerinsassen von Cideng und Struiswijk begonnen."

Wir stürzten allesamt sofort los. Jan und ich beschlossen, zum Lager in Struiswijk zu fahren.

Major Adachi, der japanische Kommandant, den wir dort antrafen, zeigte sich höchst erfreut über die Massenevakuierung.

„Unsere Patrouillen haben die Leichen von Europäern gesehen, die aus dem Lager geflohen sind. Man hat sie in Säcke gesteckt und zu Tode geprügelt", sagte er.

Ich nickte und machte mir Notizen. Doch mein Blick wanderte hinüber zu Geertje, die mit einem Koffer in der Hand vorüberschlenderte. Sie ging nicht in Richtung der bereitstehenden Lastwagen, sondern steuerte auf eine Fahrradrikscha auf dem Drukkerijweg zu.

„Hey, Martin!", rief Jan Schurck herüber. „Die Kleine da taxiert dich schon eine ganze Weile. Los, versuch dein Glück. Geh ihr nach!"

Das tat ich auch. Doch mich erwartete eine verblüffende Eröffnung.

„Ich komme nicht mit", sagte Geertje und sah mich herausfordernd an. „Einige Lastwagen fahren nach Bandung, zu einer Unterkunft bei der Ursulinen-Kirche. Andere nach Tanjung Priok. Aber ich muss heim nach Gunung Sahari. Es gibt so viel zu tun."

„Sie meinen, bevor die Japaner kamen haben Sie in Gunung Sahari gewohnt und jetzt möchten Sie dorthin zurück?"

„Ist etwas falsch daran?"

„Und ob. Es ist der falsche Ort zum falschen Zeitpunkt. Immer mehr Weiße, Chinesen, und alle, die man verdächtigt, mit den Niederländern zu kollaborieren, werden umgebracht. Was wollen Sie dort?"

„Es ist mein Zuhause. Wenn Sie mich jetzt bitte entschuldigen ..." Sie kehrte mir den Rücken zu und griff nach ihrem Koffer.

Ich war sprachlos. Aus dem Augenwinkel sah ich, wie Jan, der Mistkerl, mit dem Daumen nach unten zeigte.

„Warten Sie!", rief ich und lief Geertje hinterher. „Ich werde Sie hinbringen."

Diesmal weigerte sie sich nicht. Und dankenswerterweise willigte Jan ein, mir sein Motorrad zu borgen.

„Nehmen Sie sich vor diesem jungen Mann in Acht, Madame", zwinkerte er ihr zu. „Daheim in Holland warten viele beklagenswerte Damen auf seine Rückkehr."

„Oh, tatsächlich? ‚Fräulein' bitte, oder nennen Sie mich einfach Geertje", entgegnete sie.

„Sehr gerne. Ich heiße Jan."

„Und ich bin Martin", sagte ich und tippte mir auf die Brust. „Willst du nicht lieber die Holzschuhe aus dem Lager loswerden?", fragte ich mit einem Blick auf Geertjes Füße. „Ich dachte, die Soldaten hätten an Frauen und Kinder Schuhe ausgegeben? Außerdem haben sie Lippenstift und Puder verteilt. Bald werdet ihr alle wieder richtig hübsch aussehen."

„An Schuhe bin ich nicht gewöhnt, darum hab ich sie im Koffer verstaut. Im Lager konnte ich mit den Holzdingern richtig gut rennen", erklärte Geertje lachend vom Rücksitz des Motorrads.

Mein Gott. Ihr tiefes Lachen und ihre weichen Grübchen. Welch ein seltsamer Gegensatz zu ihren spitzen Brauen. Ein Gesicht voller Geheimnisse. Ob ihre Familie noch lebte? Ihr Ehemann vielleicht? Aber nein, sie hatte gebeten, mit „Fräulein" angesprochen zu werden.

„Das Zehnte Bataillon patrouilliert jetzt häufiger in Gunung Sahari, um die Häuser der Europäer zu schützen. Aber natürlich kann niemand sagen, wann der nächste Angriff kommt. Vielleicht überdenkst du meinen Vorschlag noch mal", sagte ich. Im Rückspiegel warf ich Geertje einen Blick zu. Sie schien etwas sagen zu wollen, doch Jans Motorrad röhrte so laut, dass wir schließlich beide den Rest des Weges schwiegen.

An der Weggabelung in Kwitang bog ich rechts ab und die Kolonne der Lastwagen mit ihrer Fracht von Frauen und Kindern verschwand aus meinem Rückspiegel. Ach, diese Kinder. Sie klatschten ausgelassen und sangen fröhliche

Lieder, nicht ahnend, dass Hindia, der Ort ihrer Geburt, vermutlich bald nur noch eine Erinnerung sein würde.

„Da drüben bei dem Teich", rief Geertje und schwenkte den Arm.

Ich steuerte in die angegebene Richtung. Das große Haus bot einen beklagenswerten Anblick. Die Wände waren verdreckt. Überall lagen Scherben von zerborstenen Fensterscheiben. Der Rasen im Vorgarten jedoch schien seltsamerweise erst kürzlich gemäht worden zu sein.

„Warte!", sagte ich und packte Geertjes Arm, als sie schon auf die Terrasse zueilen wollte. Aus meiner Tasche auf dem Gepäckträger zog ich ein Stilett, das ich mir ebenfalls von Jan geborgt hatte. Ich ging zur Haustür. Sie war verschlossen.

„Willst du wirklich hinein?"

„Ja. Und steck das Messer weg. Ich werde mal klopfen. Ich hoffe nur, das Haus wurde nicht von anderen Europäern übernommen."

„Oder von Rebellen", erwiderte ich.

Geertje klopfte mehrmals, doch nichts rührte sich. Wir gingen ums Haus herum. Die

Hintertüre war nur angelehnt. Gerade wollten wir hineingehen, da hörten wir Schritte, die sich vom Garten her näherten. Eine indonesische Frau von etwa fünfzig Jahren kam auf uns zu.

„Fräulein!", rief sie mit Tränen in den Augen und berührte Geertjes Füße.

Geertje fasste sie bei den Schultern und zog sie hoch.

„Die Japaner sind besiegt. Ich komme nach Hause, Iyah. Wo ist dein Mann? Habt ihr hier im Haus gewohnt?", fragte Geertje. „Das hier ist Herr Witkerk, ein Freund. Martin, das ist Iyah, meine Haushälterin."

Iyah verbeugte sich in meine Richtung und wandte sich dann wieder Geertje zu.

„Nachdem ich Sie das letzte Mal besucht hatte, wurde das Haus von Japanern besetzt. Sie haben es als Quartier für ihre Offiziere genutzt. Ich musste für sie kochen. Ich durfte nicht fort. Darum konnte ich nicht mehr zu Ihnen kommen." Wieder brach Iyah in Tränen aus. „Wo sind Ihr Vater, Ihre Mutter und der junge Herr Robert?"

„Mutter ist letzten Monat an Cholera gestorben." Geertje schob die Tür auf und ging ins Haus. Iyah und ich folgten ihr. „Vater und Robert wurden nach Burma geschickt. Ich habe den Lagerkommandanten gebeten, sich zu erkundigen, ob es irgendwelche Neuigkeiten von ihnen gibt."

„Alles, was wertvoll war, haben sie an sich genommen. Sie haben die Fotos von den Wänden entfernt und stattdessen die japanische Flagge aufgehängt. Dann sind sie vor Kurzem Hals über Kopf verschwunden. Wohin, das weiß ich nicht. Einige von ihren Habseligkeiten haben sie zurückgelassen", berichtete Iyah. „Ich habe das Kochgeschirr in den Schuppen gebracht und meinen Mann gebeten, zu kommen. Als ich deren Köchin wurde, bin ich in den Schuppen im Garten gezogen. Ins Haus umzuziehen habe ich, selbst nachdem sie fort waren, nicht gewagt. Doch ich habe mein Bestes getan, wann immer ich konnte, sauber zu machen."

„Dann geh und hol deinen Mann. Wir können das Haus wieder in Ordnung bringen. Wenn die Banken wieder öffnen, kann ich vielleicht etwas von meinen Ersparnissen abheben." Geertje wartete, bis Iyah hinausgelaufen war, dann setzte sie ihren Rundgang durchs Haus fort. Einige Tische und Stühle waren noch da und auch einige Schränke, die man jedoch allesamt leergeräumt hatte. Im privaten Wohnzimmer erwartete mich eine Überraschung: ein elegantes schwarzes Piano. Ich war erstaunt, dass die Japaner es nicht mitgenommen oder zerstört hatten. Vielleicht hatte es ihnen zur Unterhaltung gedient.

Geertje blies die dünne Staubschicht vom Deckel und öffnete ihn. Eine fröhliche Melodie erfüllte den Raum.

„Ein Volkslied?", fragte ich.

Geertje nickte. „Si Patoka'an." Ihre Finger glitten über die Tasten.

„Es scheint, du lebst hier in Eintracht mit der Natur und den Einheimischen. Sie mögen dich auch. Vielleicht lieben sie dich sogar von ganzem Herzen", begann ich. „Aber die Zeit der Dienerschaften wird bald vorüber sein. Amerika äußert sich zunehmend kritisch über den Kolonialismus. Die ganze Welt beobachtet jeden einzelnen Schritt des Wandels, der sich hier vollzieht. Und die Tatsache, dass wir über dreihundert Jahre lang als Machthaber in diesem Land präsent waren und ihm das Mark ausgesogen haben, verbessert nicht gerade unsere Verhandlungsposition. Ich denke, die Zeit von Niederländisch-Ostindien ist endgültig vorüber, so hart wir auch darum kämpfen, den einheimischen Nationalisten das Land wieder zu entreißen."

„Wenn das Feuer der Revolution erst einmal entfacht ist, kann es niemand mehr aufhalten", sagte Geertje, deren Hände nun stumm auf den Tasten des Pianos ruhten. „Alles was sie wollen ist ihre Unabhängigkeit, wie mein Vater sagen würde. Mein Vater war ein großer Bewunderer von Sneevliet. Er war bereit, die Sonderrechte, die er hier genoss, aufzugeben. Ich habe die einheimischen Schüler unterrichtet. Ich bin hier geboren und mit den Einheimischen aufgewachsen. Als die Japaner die Macht übernahmen, wurde mir klar, dass das Ende von Niederländisch-Ostindien mit all seinem aristokratischen Gebaren gekommen ist. Ich muss den Mut haben, mich davon zu verabschieden. Was immer das Schicksal mir bringen mag, ich werde hier bleiben. Aber nicht als Teil der ‚Machthaber', wie du es ausgedrückt hast. Ich weiß noch nicht, als was. Wenn die Japaner uns eins beigebracht haben, dann wie schrecklich es ist, jemandes Diener oder Dienerin zu sein. Und nachdem wir all die Zeit in Wohlstand hier gelebt haben, wäre es da nicht schändlich, jetzt, wo die Menschen unserer Hilfe und Anleitung bedürfen, einfach davon zu laufen?"

„Aber diese Menschen …" Ich konnte nicht weitersprechen und schwieg einige Minuten.

„Es war einmal ein Jäger, der fand ein Tigerbaby", begann ich schließlich seufzend. „Er kümmerte sich rührend um das Tier, und es wurde zahm. Es aß und schlief Seite an Seite mit dem Jäger, bis es ausgewachsen war. Niemals hatte es Fleisch zu fressen bekommen. Eines Tages ritzte der Jäger sich am Blechnapf des Tigers die Hand auf. Blut rann aus der Wunde."

„Der Tiger leckte das Blut, seine wilden Instinkte erwachten, und er attackierte den Jäger", unterbrach mich Geertje. „Willst du damit sagen, dass die Einheimischen mich eines Tages hinterrücks erdolchen werden?"

„Wir befinden uns inmitten eines gewaltigen Umbruchs. Werte werden einfach über den Haufen geworfen. Nach all den Jahrhunderten müssen wir erkennen, dass dies nicht unser Mutterland ist", erwiderte ich. „Und ich bitte dich zum dritten Mal: Geh, solange du noch kannst."

„Nach Holland?" Geertje schloss den Klavierdeckel. „Ich weiß nicht einmal, wo es liegt, das Land meiner Vorfahren."

„In meinem Dorf in Zundert gibt es eine Reihe recht günstiger Häuser zu mieten. Dort könntest du bleiben, während du auf Neuigkeiten von deinem Vater wartest."

„Ich danke dir", lächelte Geertje, „aber du weißt, wo ich leben möchte."

So hatte Geertjes Antwort vor einigen Monaten gelautet. Zweimal noch traf ich sie. Ich setzte neue Fenster ein und fuhr sie zum Markt. Danach hatte ich jede Menge Arbeit. Geertje ihrerseits war vollauf mit der Renovierung ihres Hauses beschäftigt. Es war schwer vorstellbar, dass zwischen uns so etwas wie Liebe aufflammen könnte.

Dann kam die Nachricht, dass es in der vorangegangenen Nacht gewalttätige Kämpfe in den Straßen zwischen Meester Cornelis und Kramat gegeben hatte. Verschiedene Einheiten jugendlicher Paramilitärs hatten einen wohldurchdachten und gut organisierten Großangriff auf verschiedene Gegenden unternommen. In der Nähe von Senen Gunung Sahari hatten sie einen Panzer der NICA in ihre Gewalt gebracht.

Ich machte mir Sorgen um Geertje. Das Beste ist, ich fahre einfach hin und nehme sie mit, dachte ich. Sie sollte eine Weile bei uns bleiben. Ich hoffte, sie würde sich nicht weigern mitzukommen. Schurck war gerade nicht in der Stadt, daher konnte ich mir sein Motorrad nicht borgen, doch zum Glück gelang es mir – wenn auch für ziemlich viel Geld –, über das Hotel einen Wagen mit Fahrer anzumieten.

„Soll ich da vorne halten?" Dullahs Stimme holte mich zurück in den heißen Innenraum des Chevrolets.

„Ja. Warte hier auf mich", sagte ich und sprang eilig aus dem Wagen. Vor Geertjes Haus stand eine kampfbereite Gruppe NICA-Soldaten. Einige marschierten im Garten hinter dem Haus auf und ab. Die Veranda vorm Haus war beschädigt. Die Eingangstür lag umgestürzt am

Boden, von Kugeln durchsiebt. Große schwarze Löcher gähnten in Fußböden und Wänden – die Folgen einer Granate.

„Entschuldigen Sie, ich bin Journalist!", rief ich, hielt meinen Presseausweis hoch und zwängte mich durch die Soldaten. Hektisch wanderte mein Blick umher. Mit bangem Gefühl lief ich von Zimmer zu Zimmer, immer befürchtend, Geertjes Leiche irgendwo in einer Blutlache auf dem Boden liegen zu sehen. Doch dieser schreckliche Anblick blieb mir erspart. Einer der Soldaten kam zu mir. Er schien der Kommandant der Truppe zu sein. Ich zeigte ihm meinen Presseausweis.

„Was ist hier passiert, Sergeant ... Zwart?", fragte ich, während ich den Namen von seiner Brust ablas. „Wurde das Haus während der Angriffe der vergangenen Nacht überfallen? Wo sind die Bewohner?"

„Wir sind diejenigen, die angegriffen haben. Die Bewohner sind geflohen. Sie sind Journalist? Das trifft sich gut. Wir hatten sowieso vor, es publik zu machen, damit alle gewarnt sind", erwiderte Sergeant Zwart und führte mich in die Küche. „In diesem Haus haben sich Rebellen getroffen. Wir haben jede Menge Anti-NICA-Propagandamaterial gefunden", erklärte er.

„Entschuldigung Sie", unterbrach ich ihn. „Aber soweit ich weiß, gehört dieses Haus einem Fräulein Geertje. Sie ist Niederländerin."

„Sie kennen sie? Dann werden wir eine Reihe von Fragen an Sie haben. Es besteht nämlich der Verdacht, dass Fräulein Geertje, alias ‚Smaragd des Äquators', alias ‚Mutterland' – Namen, die in letzter Zeit häufig in illegalen Sendern genannt wurden –, die Seiten gewechselt hat."

Geertje? Ich starrte ihn entgeistert an und wollte protestieren, doch Sergeant Zwart war damit beschäftigt, eine Falltür in der Nähe des Vorratsraums zu öffnen. Ein Bunker. Bei meinen vorherigen Besuchen bei Geertje hatte ich ihn gar nicht bemerkt. Ich folgte dem Sergeant die Stufen hinunter.

An sich war daran nichts Seltsames. Alle vorausschauenden niederländischen Familien hatten solch einen Raum. Bei den Luftangriffen zu Beginn des Krieges hatte man dort Schutz gesucht. Der Raum maß etwa vier Quadratmeter und war feucht. Ein langer Tisch stand darin, Stühle, und ein lädierter Schrank voller Geschirr und Stapeln von Papier. Bei Letzteren handelte es sich in der Tat um Anti-NICA-Propaganda.

Sergeant Zwart zog das Tuch von einem Gerät, welches hinter dem Schrank versteckt war. Ein Funksender!

„Den haben die Japaner zurückgelassen", sagte der Sergeant.

Ich war wie vor den Kopf geschlagen, konnte das alles einfach nicht glauben. Doch was mir erst richtig das Blut in den Adern stocken ließ, war, was ich zu meiner Linken erblickte. Dort hing an der verwitterten Wand ein Waschbecken mit einem Spiegel darüber. Auf dem Spiegel stand etwas. Offensichtlich in Eile dorthin gekritzelt. Mit Lippenstift: „Lebewohl, Hindia. Willkommen indonesische Republik.'

Vor meinem geistigen Auge sah ich Geertje mit ihren Grübchen, wie sie in einem Reisfeld saß und gemeinsam mit den Menschen, die sie liebte, sang: „Dies ist mein Land. Dies ist mein Haus. Was immer das Schicksal mir bringen mag, ich werde hier bleiben."

Geertje hatte von Anfang an gewusst, wo sie stand. Allmählich begann ich, das zu akzeptieren, und das Wort „Verräter" verschwand aus meinem Sinn.

Ein Bühnenstück für zwei Säbel

Sechs Uhr am Abend. Es regnete immer noch. Das Gluckern des Wassers auf den Kieswegen draußen vor dem Haus vereinte sich mit den Klängen des abendlichen Orchesters, in dem Frösche, Insekten und Eulen aufspielten. Doch keiner von diesen konnte es, was die Klarheit des Ausdrucks betraf, mit dem Gecko aufnehmen, der im Vorgarten auf einem Ast des Teakbaumes saß. Ein langes Klopfen, gefolgt von vier kurzen Explosionen. Laut. Bestimmt. Wieder und wieder in unbeirrbarem Rhythmus. Für mich war er der eigentliche Star auf der Bühne des heutigen Abends.

Ah ja, die Bühne. Jene Bühne.

Wie sie in letzter Zeit meine Gedanken vereinnahmt hat. Ein großes Zelt, ein Schild, auf dem in leuchtender Schrift Opera Stamboel Tjahaja Boelan steht, die Menschenmengen, das Melayu-Orchester, das so gut Walzer und Mazurkas spielen konnte, die Seiten des Librettos mit einer Zusammenfassung der Geschichten, und dann endlich das Verlesen der Namen der mitwirkenden Schauspieler.

Sein Name!

Ich war dort. Immer. In der vordersten Reihe. Und ich weiß genau, dass nicht nur ich, sondern jeder einzelne Zuschauer es spürte, jedes Mal, wenn dieser Name erklang und erst recht, wenn der Träger des Namens die Bühne betrat: Etwas Mächtiges ergriff von uns Besitz, das uns dazu brachte, unsere Münder zu öffnen, den Atem aus unseren Kehlen zu stoßen, wieder und wieder seinen Namen zu rufen.

Ich blickte hinunter auf den braunen Umschlag, den ich seit einer Weile umklammert hielt. Seinen Inhalt hatte ich wieder und wieder gelesen. Geschrieben mit dicker schwarzer Tinte, an einigen Stellen mit so viel Druck, dass das Blatt beinahe perforiert war. Ich weiß, es hat den Schreiber viel gekostet, seinen Zorn zu zügeln, als er jenen Namen niederschrieb. Der Name, der in diesem Haus viel zu bald genannt wurde.

Ich beeilte mich, das Fenster zu schließen. In der Regenzeit wurde es mit Einbruch der Abenddämmerung bitterkalt auf der Tanara-

Teeplantage. Selbst für jemanden, der schon seit Langem hier lebte, so wie ich. Doch das war nicht der Grund, warum ich zitterte. Nein, das nicht.

„Nyai! Nyai!", hörte ich unter wildem Getrommel gegen die Tür Mang Ihin, meinen vertrauten Kutscher, rufen. Ich öffnete die Seitentür und blickte in sein ängstliches Gesicht. Kleider und Mütze waren durchnässt.

„Fahren wir jetzt los?" Mang Ihin zog eine gerollte Klobot-Zigarette aus der Hosentasche. Sein Blick war besorgt. „Was ist, wenn Herr …"

„Es gibt keinen Grund, darüber zu reden", unterbrach ich und legte meinen Finger auf die Lippen. „Ich bitte dich, pack meine Sachen zusammen und dann koch Kaffee. Ich muss mich noch umziehen."

„Beeilt Euch, Nyai. Wir müssen die Route ändern. Der Weg über Sukaluyu ist unpassierbar, der Schlamm steht dort sicher schon knöcheltief", murrte Mang Ihin. „Sind Uyan und Siti eingeweiht? Sind wir sicher?"

Ich antwortete nicht. Mang Ihin sollte eigentlich wissen, dass die Bediensteten absolut meiner Kontrolle unterstanden.

Ich verriegelte die Tür zum Schlafzimmer, legte meine Kebaya aus weißer Seide ab und auch alle übrigen Kleidungsstücke. Doch ich zog nicht sofort etwas Neues an. Stattdessen nahm ich noch einmal den braunen Umschlag zur Hand. Wieder betrachtete ich ihn mit gemischten Gefühlen.

Vor einem Monat hatte ich in der Umkleidehütte der Männer, hinter dem dunklen *Tobong* der Wanderbühne, ebenfalls nackt da gesessen und einen Umschlag in der Hand gehalten. Der Unterschied war, dass jener Umschlag keinen Brief, sondern Geld enthalten hatte, und dass zwei braune kräftige Hände meine Schultern umfassten.

Es war unser fünftes Treffen. Wie schon zuvor mussten seine Freunde bestochen werden, damit sie mein Kommen und Gehen nicht ihrem Vorgesetzten, Tuan Steenwijk, meldeten.

„Ich danke dir für die kleine Gabe an mich und meine Freunde. Und jetzt erzähl mir, wie es kam, dass du eine Konkubine wurdest." Die fest geschwungenen Lippen des Mundes, aus dem die charismatische Stimme erklang, wanderten den Rand meines Ohrs entlang.

Oh, diese Stimme. Eine Stimme, die ich noch vor wenigen Wochen nur von meinem Platz unten vor der Bühne aus hatte genießen können, wenn der Mann, zu dem diese Lippen gehörten, den Hexenzauber aus Jin Tomang sang oder als Graf von Monte Christo im Säbelgefecht seinen Feinden eine Herausforderung entgegenschmetterte. Eine Stimme, die viele Frauen so sehr betörte, dass sie beinahe ohnmächtig wurden.

Das Amüsante war, dass ich vor Kurzem noch etwas ganz anderes vernommen hatte als eine tapfere männliche Stimme, ein lang gezogenes Seufzen nämlich, wie von einem Rind auf der Schlachtbank, als wir beide dem Höhepunkt unserer körperlichen Erkundungen entgegenstrebten.

„Erzähl es mir", sagte er noch einmal. Es klang hartnäckig, beinahe drohend.

„Wozu soll das gut sein?" Im Spiegel blickte ich in sein Gesicht. Der flackernde Schein der Kerzen auf dem Frisiertisch spielte mit seinen Zügen, sodass sie sich ständig änderten. Es verlieh ihm etwas Geheimnisvolles, ebenso wie die Rollen, die er spielte.

„Ich mag es, wenn Frauen Geschichten erzählen, besonders solche wie du." Seine Stimme floss wieder dahin wie Musik. Diesmal begleitet von Zigarettenrauch, der in der Luft schwebte und sich kringelte wie der Geist eines Drachen.

„Solche wie ich? Achte auf deine Worte, Prinz Adang Kartawiria." Ich ballte die Hand zur Faust und berührte damit leicht seinen rechten Mundwinkel. Er hielt meine Hand fest und küsste jede einzelne Fingerspitze.

„Ich scherze nicht. Das Leben einer Konkubine spielt als Bühnengeschichte das meiste Geld ein. Schau dir nur das Dardanella-Ensemble an oder Riboet Orion. Jedes Mal, wenn sie *Nyai Dasima* aufführen, haben sie ungeheuren Zulauf. Auch Tuan Steenwijk weiß das. Doch was soll man machen, anscheinend lebt der Herr Direktor in der Vergangenheit."

„Lass dir Zeit mit deinem Wechsel zum Theater. Ich sehe dir nämlich viel lieber beim Säbelfechten zu." Ich nahm ihm die Zigarette aus dem Mund und tat ein paar tiefe Züge. „Kannst du eigentlich wirklich fechten?"

Adang grinste. „Als ich noch als Reporter für *Berita Panggoeng* arbeitete, hat Monsieur Thibaut, mein Redakteur, mich oft eingeladen, mit ihm zu fechten. Er hatte einen Übungsraum in seinem Haus in der Nähe von Harmonie."

„Ich finde, du fechtest besser als Astaman oder Tan Tjeng Bok."

„Ich danke dir." Er verbeugte sich in der Manier eines englischen Edelmannes. „Leider hat diese Art von Schauspiel keine Zukunft. Die Leute langweilen sich bei all den vielen Szenenwechseln und den gekünstelten Rittergefechten. Nachdem man sie so lange mit Träumereien eingelullt hat, wollen sie jetzt das wirkliche Leben sehen. Sie wollen sich selbst sehen. Ich überlege, zum Theater zu wechseln, denn ich möchte ausprobieren, ob ich auch Talent habe, alltägliche Charaktere zu spielen. Einen Arzt, einen Händler, vielleicht sogar einen Kutscher. Der Theaterdirektor hat schon dreimal jemanden geschickt, um mich anzuwerben. Ich habe mir aber noch etwas Bedenkzeit ausgebeten."

„Tuan Steenwijk werden deine Pläne nicht gefallen."

„Dann hat er zwei Möglichkeiten. Entweder macht er aus der Wanderbühne ein festes Theater oder ich bleibe und bekomme dafür eine angemessene Gehaltserhöhung", entgegnete Adang mit einem Augenzwinkern.

„Doch eigentlich möchte ich mich bald von der Schauspielerei verabschieden und mich mehr dem Stückeschreiben widmen. Die Geschichte einer Konkubine erzählen, die noch beeindruckender ist als *Nyai Dasima*. Das wird natürlich nicht von heute auf morgen geschehen, vor allem, weil wir zurzeit mit den Vorbereitungen zur Oper von Pranacitra und Rara Mendut beschäftigt sind.

„Oh, das ist eine gute Geschichte. Ich würde sie gerne ansehen. Werdet ihr sie hier in Tanara aufführen?"

„Bisher waren wir nie länger als vier Wochen am selben Ort. Wahrscheinlich werden wir auf dem Platz vor dem Hotel Bellevue in Buitenzorg spielen. Zwölf Szenen, acht Lieder. Wenn das Publikum es wünscht, werden wir auch Jin Tomang oder den Graf von Monte Christo dort aufführen. Danach müssen wir intensiv für die Teilnahme am Nachtmarkt in Gambir im August nächsten Jahres proben. Drück mir die Daumen, dass ich dort nicht in einem Gespenster- oder Musketierkostüm auftreten muss."

„Ich verstehe das nicht. Was finden diese Leute so spannend an der Geschichte einer Konkubine?", fragte ich.

Adang zuckte die Schultern. „Vielleicht möchten sie erfahren, wie eine malaiische Frau zu einer ehrbaren Dame werden kann, nachdem sie mit einem ausländischen Mann unter demselben Dach zusammengelebt hat. Eine Schönheit im goldenen Käfig. Wie ich sagte, früher liebte das Publikum Fantasiegeschichten, doch heute wollen sie die Realität sehen. Außerdem enden ja nicht alle Konkubinengeschichten so traurig wie *Dasima*, stimmt's?"

„Das reicht, Adang. Hör gut zu, was ich sage, denn ich möchte mich ungern wiederholen." Diesmal zügelte ich meine Faust. „Ich bin nicht irgendeine beliebige Frau. Mein Vater ist nicht reich, sondern arbeitet als Schreiber auf der Plantage. Verstehst du? Daneben gibt es weitere Umstände, insbesondere in Bezug auf mich und meine derzeitige Lage, die ganz einfach mit Schicksal zu tun haben. Kann eine Frau dem Schicksal entkommen, das andere für sie bestimmt haben?"

„Und ich trage den Titel eines echten Prinzen, doch meine Familie hat jegliche Beziehung zu mir abgebrochen, als sie herausfanden, dass ich mich dieser Opern-Wanderbühne angeschlossen habe", sagte Adang mit einem zynischen Lächeln. „Im Bezug auf das Schicksal gebe ich dir recht, Sarni. Auch wenn uns keine Blutsbande verbinden, so sind wir uns doch sehr ähnlich. Eine Hure und ein armer Kerl, denen man aufgrund ihrer Gewänder und der Rollen, die sie spielen, Respekt entgegenbringt."

„Du Schuft!" Ich schlug ihn auf die linke Wange und schickte mich an, auch mit der anderen Hand zuzulangen. Doch stattdessen zog der Mann mich an sich, ließ sich in einer göttlich fließenden Bewegung mit mir hinsinken und küsste mich leidenschaftlich auf den Mund. Ich wehrte mich nicht. Unsere Lippen trennten sich erst, als er sanft flüsterte: „Gestehe, dass du eine Hure bist. Du betrügst deinen Gatten, wenn er geschäftlich verreist ist. Hast Beischlaf mit einem Wanderschauspieler. Doch das ist mir gleich. Ich war verrückt nach dir, seit du am zwölften Tag so kühn auf die Bühne klettertest und mir ein in Papier gewickeltes Goldarmband zuwarfst."

„Liebst du mich, meinen Körper oder das Goldarmband?", fragte ich.

Adang antwortete mir mit Liebkosungen, Küssen und berauschenden Stößen seines Körpers, und noch einmal segelten wir gemeinsam hinaus auf die wilde See, erforschten die Rundungen der Buchten und die ein oder andere Landzunge. Stachen in See. Kamen in den Hafen. Wieder und wieder. Bis alles in keuchendem Atem und einem langen Seufzer endete.

Dann ruhten wir, ausgestreckt auf einer harten Matratze, unter uns eine verschlissene Decke mit einem Motiv aus Olivenblättern. Wir starrten an die Decke aus geflochtenem Stroh, jeder von uns eine Zigarette zwischen den Lippen.

Der Umkleideraum wirkte wie ein Provisorium. Nicht größer als zwölf Quadratmeter, Bambuswände ringsum, und vollgestopft mit Requisiten für die Aufführungen. Als Spielleiter hatte Adang das Vorrecht, in einer kleinen Herberge in Gadok, nicht weit vom Standort der Wanderbühne, zu übernachten. Doch er wusste, dass es sein Leben sehr vereinfache, wenn er sich mit mir in dieser Hütte traf.

„Eines Morgens, als ich Mutter gerade half, die Wäsche aufzuhängen, zog eine größere Gesellschaft an unserem Haus vorüber", begann ich leise, als spräche ich zu mir selbst. „Jagdhunde, Männer mit Säbeln, Bedienstete, Karren mit ein paar toten Wildschweinen und ein in Weiß gekleideter Niederländer auf einem großen schwarzen Ross. Dieser Herr schob seine Flinte in den ledernen Gewehrhalter am Sattel, starrte mich eine ganze Weile an und stieg dann ab. Ich sah, wie Vater herausgelaufen kam und mit dem Mann sprach. Mehrere Male hörte ich, wie mein Name fiel."

„Vater lud den Mann ins Haus ein, und mich erwartete eine böse Überraschung. Mutter holte Wasser, richtete das Geschirr, rief, ich solle mir etwas Hübscheres anziehen, und bat mich dann, Kaffee und Gebäck ins Wohnzimmer zu tragen. Der Herr fragte mich nach meinem Alter und erklärte in fließendem Malay, er sei der stellvertretende Verwalter der Tanara-Plantage, Vaters Vorgesetzter."

Adang hörte aufmerksam zu und sah mich unverwandt an.

„Bereits einen Monat später war ich von Amts wegen Frau Cornelia van Rijk geworden und hatte das Haus meiner Eltern verlassen. Meine Mutter war traurig, doch Vater schien glücklich über seine neue Stellung. Er war vom Auswieger zum Schreiber befördert worden. Kurz bevor ich in das Haus auf der Plantage umziehen sollte, kam Vater zu Besuch. Ich weigerte mich, mit ihm zu sprechen. Bis heute will er mir nicht erklären, warum Adelaar, mein Ehemann, auf dem Heimweg von der Jagd so zufällig an unserem Haus vorbeikam. Warum die Gesellschaft nicht den Weg über Pulosari nahm, was viel näher an der Hauptstraße liegt."

Schweigen.

„Mit vierzehn Jahren Frau van Rijk zu werden, war schwierig", fuhr ich fort. „Es gab so viele kulturelle Unterschiede, und bis heute fällt es mir schwer, eine Brücke zu dieser anderen Lebensweise zu bauen. Adelaar ist ein sehr harter, aber kein grausamer Mann. Sein Interesse an Literatur und Theater übertrug sich schon bald auf mich. Gemeinsam haben wir Aufführungen von allen Opern-Wanderbühnen in Niederländisch-Ostindien angeschaut. Er war es auch, der mich vor einiger Zeit zum ersten Mal zu einem deiner Auftritte mitgenommen hat."

„Und heute schlafe ich mit seiner Frau", grinste Adang.

„Ich bin wirklich keine gute Ehefrau."

„Sarni." Plötzlich lag ein ganz anderer Tonfall in Adangs Stimme. „Gestern konntest du dir vielleicht noch vormachen, du wärest Frau van Rijk. Doch heute Abend bist du ein Teil meines Körpers, meiner Seele. Ein Teil dieses Landes. Schau auf die Farbe deiner Haut. Hör, wie du sprichst. Bist du eine Niederländerin? Ich kann dich nicht reich machen, doch ich kann dir die Quelle aller Träume bieten: Liebe. Gott hat gewollt, dass wir uns begegnen und eins werden. Heirate mich."

Ach, es war so leicht, das zu sagen. Vielleicht war es sogar die Liebeserklärung aus einem seiner Stücke. Doch warum auch immer, an jenem Abend vergoss ich Tränen, als ich die Worte hörte.

All das geschah im letzten Monat. Ich erinnere mich, dass ich um elf Uhr abends nach Hause kam. Ich machte kein Auge zu. Mein Ehemann hatte natürlich wie immer geschäftlich in Malang zu tun. Aber war er denn überhaupt ein Ehemann? Ein weißer Mann mit einer fremden Stimme, einem fremden Körpergeruch. Seit sieben Jahren lebten wir gemeinsam unter einem Dach, doch wir hatten keine Kinder bekommen. Seit der ersten Nacht war Adelaar unfähig gewesen, seine Pflichten als Ehemann zu erfüllen. Für mich war das ein Segen. Andererseits war eine Konkubine zu sein ein gewagtes Spiel. Nichts war jemals selbstverständlich. Nichts für die Ewigkeit. Häufig hatte ich vom traurigen Schicksal anderer Konkubinen gehört, die zusammen mit ihren Kindern das Haus ihres Herrn verlassen mussten, weil der Ehemann eine Europäerin heiraten wollte. Oftmals sanken sie auf eine niedrige gesellschaftliche Stufe, wurden zu *Moentji* in den Kasernen. An sich war das nicht das Schlimmste. Immerhin bot es eine gewisse Sicherheit. Dennoch, ich wollte niemals so enden. Doch leider wurden meine Gebete, dass mir ein solches Schicksal erspart bleiben möge, nicht erhört. Am Tag zuvor war ein Brief in einem braunen Umschlag gekommen. Auch wenn es entsetzlich schwer war, ich musste eine Wahl treffen.

„Nyai! Nyai!", hörte ich Mang Ihin wieder aufgeregt rufen.

Ich kleidete mich rasch an. Als ich die Tür öffnete, sah ich Uyan und Siti auf dem Boden des

Speisezimmers hocken. Sie warteten auf mich, mit Sorgenfalten auf der Stirn und um die Lippen. Ich trat zu ihnen.

„Ihr müsst wählen: Wollt ihr hier bleiben und euch von meinem Ehemann hinauswerfen lassen oder wollt ihr gleich zum Haus meiner Cousine in Banjarsari gehen?", fragte ich. „Wie immer ihr euch entscheidet, ihr untersteht weiterhin meiner Verantwortung. In Kürze werde ich euch meine neue Anschrift zukommen lassen. Natürlich darf mein Ehemann sie nicht erfahren. Zumindest vorerst nicht. Das müsst ihr verstehen. Die Situation hat sich geändert. Habt keine Angst. All das ist meine Schuld. Und darum bitte ich euch um Vergebung."

Am Ende entschieden sich beide, im Haus zu bleiben. Sie wollten es so. Ich steckte ihnen ein paar Münzen zu. Dann ging ich mit raschen Schritten zur Kutsche. Meine Koffer schienen alle tadellos gepackt.

„Diesmal nicht zur Oper, Mang. Wir fahren zu einer Herberge in Gadok. Ich zeige dir dann, wo es ist", sagte ich. Mang Ihin nickte nur. Ich glaubte einen Anflug von Missbilligung in seinem Gesicht zu erkennen, doch das hielt ihn nicht davon ab, die Zügel zu ergreifen. Die Räder der Kutsche setzten sich langsam in Bewegung, unter Nieselregen und durch schlammige Pfützen.

Mein Ehemann würde noch zwei weitere Tage abwesend sein, doch die Worte seines Briefes dröhnten in meinen Ohren und quälten mein Herz. Schlugen wieder und wieder auf mich ein, wie der Hammer in der Waffenschmiede des Gottes Vulcanus in einer Oper, die ich gemeinsam mit ihm angeschaut hatte.

Sarni, meine Gattin,

natürlich weißt du, dass nicht viele niederländische Männer ihre einheimischen Lebensgefährtinnen „Gattin" nennen. Ich nenne dich „Gattin", weil ich auf der Suche nach einer Gattin war. Nach einer Frau, mit der ich mein Leben teilen kann, am Esstisch, im Bett, und an sonstigen Orten, wo ich ihren Rückhalt und Beistand brauche. Den verurteilenden Blicken meiner Arbeitskameraden schenkte ich keine Beachtung. Ich wusste, wen ich erwähle. Und neben all den tieferen Gründen liebte ich dich wegen deiner Begeisterung für Bücher und die Oper. So viel besser als die weißen Frauen verstandest du die Welt des Theaters. Glaub mir, ich fand keinerlei Fehl an dir. Bis ich eines Tages einen Brief von einem Freund erhielt, dem Leiter einer Truppe von Wanderschauspielern, welchem nicht Wohl dabei war, dass einer seiner Schauspieler, genauer gesagt der Star seiner Truppe, ein gewisser Adang Kartawiria, diverse Male in Begleitung einer Nyai gesehen worden war. Mein Freund nannte keinen Namen, doch sag mir, gibt es auf den vielen Plantagen hier eine weitere Nyai, die so gerne Bühnenstücke anschaut?

Ich werde am Donnerstagnachmittag eintreffen und hoffe, ein Abend wird genügen, all unsere Angelegenheiten zu regeln, denn am nächsten Morgen muss ich mich bei Tagesanbruch auf dem unbestellten Feld in der Nähe von Gadok einfinden. Vor einiger Zeit, nachdem ich die Nachricht erhalten hatte, sandte ich einen Brief an Herrn Adang Kartawiria und bat ihn um Genugtuung. Du weißt, was das bedeutet, nicht wahr? Eine Aufforderung zum Duell. Da ich der Herausforderer bin, hatte er das Recht, den Ort und die Waffen zu wählen. Es freut mich zu hören, dass dein Liebhaber ein mutiger Mann ist. Er hat meine Herausforderung angenommen. Offenbar möchte er als einer der Edelmänner, deren Rollen er so oft spielt, auftreten, denn er hat einen Fechtkampf mit Säbeln einem Pistolenduell vorgezogen. Vielleicht beabsichtigt er ja, die Begebenheit zum Titel seiner nächsten Oper zu machen, sollte er überleben. Ich denke, das ist ein guter Einfall: ‚Ein Bühnenstück für zwei Säbel'. Wenn du möchtest, kannst du es dir anschauen.

Was die Frage von Leben oder Tod betrifft, so brauchst du dir keine Sorgen zu machen. Es wird ein Notar anwesend sein sowie Zeugen und ein Doktor, der feststellen wird, wer von uns beiden noch lebt und wer nicht. Auch mit meinem Testament und den übrigen Papieren ist alles geregelt. Kurz und gut, wer immer am Tage darauf an deine Türe klopft, ist derjenige, der das größere Anrecht hat, dein Ehemann zu sein.

Malang, 7. November 1927

Dein Ehegatte,

Matthijs Adelaar van Rijk

Der regenschwere Abendwind schlug mir entgegen und durchnässte meine Kebaya, sodass sie feucht auf meiner Haut an Schultern und Brust klebte. Ich zitterte, durchfroren und verzehrt von Angst. Es war sinnlos zu überlegen, welcher der Opernschauspieler mich trotz des Schweigegelds verraten hatte. Was ich jedoch mit Sicherheit wusste, war, dass Adelaar im vergangenen Jahr das Fechtturnier seines Klubs gewonnen hatte. Adang würde keine Chance haben, sich gegen die Säbelhiebe meines Ehemannes zu behaupten. Ich dachte an die Oper über Pranacitra und Rara Mendut, die Adang und seine Freunde auf dem Markt in Gambir aufführen wollten. Würde uns das gleiche Schicksal ereilen wie die Figuren dieser Geschichte? Ich konnte nur hoffen, der Opernheld würde nicht zu eigensinnig sein und einwilligen, mit mir fortzugehen.

Irgendwohin.

Für Hindia

Om Swastyastu.

Lieber Herr de Wit, ich habe Ihre drei Briefe erhalten und bitte tausendmal um Entschuldigung, dass ich Ihnen nicht gleich geantwortet habe. Es ist schwierig, aus dem Palast hinauszukommen, erst recht für ein junges Mädchen wie mich. Der Junge, der immer die Briefe zur Post mitnahm, kommt nicht mehr. Er ist zur Armee gegangen. Ich werde einen Weg finden, diesen Brief sicher in Ihre Hände gelangen zu lassen, doch möglicherweise kann es lange Zeit dauern.

Herr de Wit, seit die niederländischen Schiffe an unserer Küste gelandet sind, vergehen die Tage sehr langsam. Ich fühle mich, als würde ein Feuer unter meinen Füßen brennen. Und keiner der Männer hat mehr ein freundliches Wort. All ihre Gespräche enden mit dem Wort „Krieg" – als wäre das die Lösung für alles.

Gestern hat der König darum gebeten, am Ende dieser Woche Frauen und Kinder an einen anderen Ort zu bringen.

Wir sehen darin eine Bestätigung, dass die Verständigung zwischen dem König und den Niederländern immer brüchiger wird. Aber ist das ein Grund, die Waffen sprechen zu lassen?

Lieber Herr de Wit, ich fürchte nicht um mein Leben. Ob man es behält oder verliert, liegt allein in Gottes Hand. Doch es ist schwer, sich vorzustellen, wie es aussehen mag, das Leben nach dem Krieg, vor allem, wenn wir auf der Verliererseite sein sollten. Wäre das noch ein Leben, wenn man uns die Freiheit nimmt?

Sollten Sie vorhaben, noch einmal in den Palast zu kommen, wie in Ihrem letzten Brief erwähnt, dann beten Sie, dass es nicht zu diesem Krieg kommt. Dass wir wieder uns wieder über Nyama Bajang und Kandapat unterhalten können. Oder meiner Mutter lauschen, wenn sie von Hanuman erzählt, dem Affen mit den magischen Kräften.

Om Shanti, Shanti, Shanti Om

Auf Wiedersehen,

Ihre kleine Schwester

Anak Agung Istri Suandani

Ich legte den Brief zurück an seinen Platz. Ein hauchfein geschabtes Stück Bambus. Ich stellte mir vor, welch verworrene Wege es genommen hatte, ehe es im letzten Monat eines Morgens auf meinem Frühstückstablett in der Herberge am Toendjoengan in Surabaya gelandet war.

Der Träger des Tabletts, ein junger Mann aus Bali, sagte nur, er wisse nicht, woher das Bambusstück gekommen war. Mehr war nicht aus ihm herauszubekommen. Nicht einmal die fünf Cents, die ich ihm in die Hand drückte, wollte er annehmen.

Anak Agung Istri Suandani, meine kleine Schwester. Eigentlich barg dein Brief ja keine Geheimnisse, oder? Nur dich enthüllte das Geschriebene, und so viele Erinnerungen, die mit jedem deiner Worte vor mir auferstanden. Vielleicht wäre es dennoch fatal, wenn dieser Brief in die Hände der Balinesen oder der Niederländer geriete, denn beide Seiten wittern ständig überall Verrat, und dieser Brief wurde aus dem Kesiman-Palast abgeschickt, abgefasst in nahezu perfektem Niederländisch von einer Prinzessin des Palasts. Von dir.

Meine kleine Schwester. Du warst fünfzehn Jahre alt, als ich dir zum ersten Mal begegnete, in Begleitung deiner Mutter und deiner älteren Schwester. Das war lange bevor die Sri Koemala vor Sanur strandete, jenes Ereignis, das all diese folgenschweren Spannungen auslöste. Deine Familie bot mir eine Quelle für meine Aufzeichnungen über die Mesatiya-Tradition, nach welcher sich Königswitwen bei der zeremoniellen Verbrennung der sterblichen Überreste ihrer Gatten in die Flammen stürzen, als Zeichen der Treue bis in den Tod.

Das Fortführen dieser alten Tradition und ebenso der Vorwurf, der König von Badung habe die Schiffsplünderer geschützt und sich geweigert, Wiedergutmachung zu zahlen, wurde zum Widerstand gegen die ostindische Regierung aufgebauscht, welchen es mit militärischer Gewalt niederzuringen galt. Wie mag wohl die übrige Welt dazu gestanden haben? Man kann nur hoffen, dass es kluge Menschen gibt, die erkannten, wie schrecklich falsch das alles war.

„Wo hast du so gut Niederländisch gelernt?", fragte ich dich eines späten Nachmittags.

„Von Herrn Lange. Und aus Ihrer Zeitung", sagtest du mit einem anmutigen Lächeln. „De Locomotief. *Mijn beste nieuwsblad.*"

Ich lachte. Herr Lange war ein niederländischer Händler, der häufig im Palast zu Besuch war. Er sprach fließend Balinesisch. Zwar war ich ihm nie begegnet, doch aus der Verehrung, mit der die Balinesen von ihm sprachen, schloss ich, dass er im gleichen Boot saß wie ich: das Boot derer, die gegen den Strom rudern und versuchen, den Einheimischen die Reichtümer und die Würde zurückzugeben, die wir ihnen drei Jahrhunderte lang schamlos gestohlen haben.

Kleine Schwester. Nach zwei Monaten im Palast war ich mit Haut und Haar deinen Kochkünsten verfallen. Und dir zuzuschauen, wenn du deine Tänze einübtest, so eins mit der Natur, war ein Geschenk, für das ich auf ewig dankbar bin. Und wieder einmal war ich mit dieser bohrenden Frage konfrontiert: Brauchte dieses Land uns wirklich, damit wir ihm – wie es offiziell hieß – die moderne Zivilisation nahebrachten?

Ein schriller Pfeifton, der den nächtlichen Wachwechsel ankündigte, riss mich aus meinen

Gedanken. Mein Blick schweifte über das Gelände vor dem Kesiman-Palast, wo wir an diesem Abend unser Feldlager aufgeschlagen hatten. Die Feuer waren erloschen, die Geschütze verstummt. Am Nachmittag war es uns nach dreistündigen Gefechten gegen die Badung-Rebellen in der Nähe von Tukad Ayung gelungen, den Palast zu besetzen.

Kleine Schwester, ich erinnere mich daran, wie Pedanda Wayan, dein Vater, mir geduldig darlegte, Badung sei vermutlich das einzige Königreich der Welt, das von drei Königen in drei verschiedenen Palästen regiert wurde – Puri Pamecutan, Puri Denpasar, und Puri Kesiman, euer freundliches Zuhause. So freundlich, dass ich es kaum glauben mochte, als ich hörte, letzte Nacht habe ein Adliger Gusti Ngurah Kesiman ermordet, weil er dessen Haltung gegenüber den Niederlanden nicht teilte. Ich denke, du hast Recht. Der Krieg bringt nie etwas Gutes. Der Krieg zerstört alles. Auch Dinge wie Treue und Zuneigung.

Du bittest mich, dafür zu beten, dass der Krieg aufhört? Ach, kleine Schwester, seit Jahrhunderten sind wir von der Seuche des Größenwahns befallen. Darum weiß ich nicht, ob Gott unsere Gebete überhaupt noch hören will. Ebenso lang haben wir die Hoheitsgewalt anderer missachtet. Als wir heute Nachmittag die Schutzwehr des Palasts durchbrachen, war mir, als würde mir mit jedem Schuss, der sein Ziel traf, ein Teil meines Körpers herausgerissen. Die Sonnenschirme im Garten, unter denen wir saßen und plauderten, die Paravents, die heiligen Urnen. Da ist es sinnlos zu schreien *Tut das nicht!* Europäische Offiziere und einheimische Soldaten beteiligten sich gleichermaßen an der Plünderung.

Ja, ich habe heute Nachmittag an der Erstürmung des Palastes teilgenommen. Nicht mit der Begeisterung eines Eroberers, sondern mit der ängstlichen Sorge eines Freundes. Ich musste dafür sorgen, dass niemand es wagt, dich anzurühren. Ich kann nicht sagen, was ich empfand, als ich sah, dass der Palast menschenleer war. Enttäuscht, weil du nicht dort warst, oder froh, weil es mich hoffen ließ, dass du irgendwo weit fort gemeinsam mit deiner Familie in Sicherheit bist?

Doch es ist nicht richtig von mir, an der Moral der Soldaten zu zweifeln. Sie sind das Beste, was

Niederländisch-Ostindien hat. Einige von ihnen waren gerade erst von Einsätzen in Tapanuli oder Bone zurückgekehrt und hatten nicht einmal ihre Frauen und Kinder gesehen. Sie sind treu und pflichtbewusst, glaub mir. Zweifeln sollten wir vielmehr an jenen, die diesen irrsinnigen Befehl gaben.

Noch einmal schaute ich mir an, was General Rost van Tonningen, der Befehlshaber des Feldzugs, am Tage vor der Abreise nach Bali in einem Interview gesagt hatte: Die gesamte Kampfflotte bestand aus 92 Offizieren und Unteroffizieren, 2.312 europäischen und einheimischen Soldaten, 741 Personen Zivilpersonal, sechs großen Kriegsschiffen der Niederländisch-Ostindischen Marine, sechs Transportschiffen, einem Versorgungsschiff, einer Einheit Marinesoldaten, vier Kanonen vom Kaliber 3,7 cm, vier Haubitzen Kaliber 12 cm, dazu Araberpferde für die Offiziere, mehrere Dutzend medizinisches Personal, Funkgeräte, und eine Handvoll Militärstaatsanwälte.

„Natürlich fragen Sie sich erstaunt, warum man eine so übermächtige Kampfkraft hierher schickt, nicht wahr?", fragte eine raue Stimme hinter mir. Ich drehte mich um und sah einen Kerl mit dichtem Vollbart aus den Büschen treten, um den Hals eine alte Kodak-Kamera. Er lächelte und stand so völlig entspannt da, als wäre er auf diesem Boden geboren und aufgewachsen. An seinem Hemd steckte ein Presseausweis und auf dem Rücken trug er einen riesigen Rucksack voller Gelatine-Trockenplatten, weshalb er sich ein wenig vornübergebeugt hielt. Mit Mühe balancierte er in den Händen eine große Ledertasche mit Stativ und Leinwand, doch irgendwie gelang es ihm, mir seine Rechte entgegenzustrecken.

„Baart Rommeltje. Staatliche Presse." Er unternahm keinerlei Versuch, dabei eine gewichtige Miene zur Schau zu stellen. Sicherlich gehörte er zu den Aufmüpfigen unter den Beamten.

„Wie ich sehe, haben Sie ihr eigenes Zelt", fuhr er fort. „Könnte ich wohl bei Ihnen übernachten? Die Soldaten spielen in der Nähe des Versorgungszelts Karten. Solch ein Lärm! Eine Schande ist das, wo ich doch dort einen so schön großen Raum habe."

„Kein Problem. Mein Name ist Bastiaan de Wit, Reporter bei *De Locomotief*", erwiderte ich und deutete auf die Kamera auf seiner Brust. „Eine Cartridge Nr. 4? Haben Sie nie versucht, dieses Steinzeitmodell loszuwerden?"

„Etwa, um es, wie all die anderen Amateure, gegen eine Brownie einzutauschen?", gab er zurück. „Vermutlich ist Ihnen entgangen, dass mein Name auf der Liste der letztjährigen Preisgewinner zu finden war", grinste er. „In der Tat bräuchte ich noch ein weiteres Modell wie dies hier. Als Reserve. Diese Platten liefern immer noch schärfere Bilder als Rollfilme. Doch leider ist der Staatsbeutel wegen all dieser Kriege ständig leer. Aceh, Tapanuli, Bone, und jetzt Bali."

„Die Militärgouverneure in Hindia sind allesamt kriegswild", sagte ich und half Baart, seinen Rucksack abzusetzen. „Vor allem Van Heutsz. Seit dem Sieg in Aceh hat er sich zu einem echten Faschisten gemausert."

„Sie klingen wie Pieter Brooshooft", lachte Baart und warf einen Blick hinüber auf die Soldaten der Nachtwache. „Ich denke, wir haben seitens des Königs von Denpasar keinen nächtlichen Angriff zu befürchten. Er ist kein Kämpfer."

„Stimmt", nickte ich. „Er ist ein Staatsmann mit Würde und Selbstachtung, der die eigenen Traditionen ehrt und sich daher durch Dinge wie das Verbot der Mesatiya oder der geforderten Entschädigungszahlung für dieses Schiff nicht so leicht provozieren lässt."

„Oho, und schon stecken wir mittendrin im heißesten Thema des Monats", bemerkte Baart und hüstelte. „Sie glauben also auch nicht, dass das Schiff tatsächlich geplündert wurde?"

„Nein. Ich denke, das war nur ein kleiner Schachzug der Regierung, um ihren großherrlichen Plan zu rechtfertigen", erwiderte ich und bot ihm eine Tasse Kaffee an. Baart schüttelte ablehnend den Kopf.

„Das ist nichts Neues. Alle Liberalen werden denken wie Sie und alle Regierungstreuen werden das Gegenteil behaupten", brummte er.

„Schauen Sie", seufzte ich. „Kwee Tek Tjiang, der Schiffseigentümer, gab gegenüber dem Residenten an, die Einheimischen hätten eine Truhe mit 7.500 Gulden von seinem Schiff gestohlen. Andere Teile der Fracht jedoch, wie Fischpaste und Kerosin, konnten gerettet und an Land gebracht werden." Ich zündete mir eine weitere Zigarette an. „Also, wenn jemand einen solch großen Schatz an Bord eines Schiffes hat und das Schiff droht zu sinken, würde er dann nicht das Geld retten, anstatt sich um Fischpaste oder Kerosin Gedanken zu machen, für die man nicht mal einen sonderlich hohen Preis erzielt? Meiner Meinung nach hatte der Schiffseigner es anfänglich nur auf eine Wiedergutmachungszahlung seitens des Königs abgesehen."

„Und was hat die Niederländisch-Ostindische Regierung damit zu tun?", unterbrach Baart mich.

„Pax Neerlandica", sagte ich verächtlich. „Alles für das Großreich Hindia. Van Heutsz' feuchte Träume. Natürlich weiß dieser Schweinehund ganz genau, dass durch das Abkommen mit den Königen von Bali aus dem Jahre 1849 diese Insel das einzig verbleibende Gebiet in Hindia ist, in dem es noch eigenständige Königreiche gibt, die unserer Regierung nicht Gehorsam und Treue geschworen haben. Und ich glaube, Van Heutsz hatte schon lange ehe er Generalgouverneur wurde geplant, dort Unruhe zu stiften. Daher kam ihm der Vorfall mit dem gestrandeten Schiff gerade recht, denn das bot ihm einen viel besseren Hebel, die Herrscher auf Bali zu reizen als seine bisherigen politischen Intrigen, wie zum Beispiel das Verbot der Mesatiya-Zeremonie."

„Die einseitige Berichterstattung in der Presse hat dazu geführt, dass dieser Feldzug von der ganzen Welt abgesegnet wurde. Die Weigerung des Königs, dem Schiffseigner – der ganz zufällig ein Bürger von Hindia war – eine Entschädigung zu zahlen, wurde als Aufsässigkeit gegenüber dem Gouverneur dargestellt, welcher angeblich nur versuchen wollte, die Angelegenheit auf rechtlichem Wege zu klären", stimmte Baart zu.

„Eine wunderbare Kultur wird zerstört werden", sagte ich. Ich vertraute Baart an, wie besorgt ich um Bali war. Und um meine kleine Freundin. Wir redeten, bis wir müde wurden. Kaum waren wir im Zelt, schlief Baart ein, doch ich lag da und vor meinem geistigen Auge erschien die Gestalt von Anak Agung Istri Suandani. Mit ihrem anmutigen Lächeln. Ihren ebenmäßigen weißen Zähnen. Ihren wachen, lebhaften Augen und all den klugen Dingen, die sie sagte.

Einmal hatte sie ganz allein für mich getanzt. Ach, ich erinnere mich nicht an den Namen des Tanzes. Ihr ganzer Körper strahlte in diesem Tanz ein tiefes Gefühl aus. Sie beugte tief die Knie, richtete sich wieder auf, wiegte den Kopf, vollführte eine Drehung. Ihr langes offenes Haar schwang zu den Bewegungen ihres Körpers. Sie drehte sich. Schneller und schneller. Sie wirbelte einem großen dunklen Loch entgegen! Nein, nicht dorthin! Ihr wildes Kreisen riss das gesamte Universum mit sich. Ich streckte die Hand nach ihr aus. Es war zu spät. Ich hörte nur noch ihren Schrei.

Herr de Wit, helfen Sie mir!

Am ganzen Körper zitternd sprang ich aus dem Bett. Ich sah auf die Uhr. Fünf Uhr morgens. Als ich den Kopf aus dem Zelt steckte, sah ich Baart, der am Feuer saß und mir zuwinkte. Der Duft von Kaffee und Gebratenem lag in der Luft. Mein Magen knurrte.

„Schlecht geträumt, was?" Er reichte mir einen Becher mit heißem Kaffee. „Besser, Sie packen zusammen. Das Einsatzkommando bricht um sieben auf."

„Sie sind doch ein Regierungsknecht, bestimmt haben Sie Kontakt zu den Kundschaftern. Welches Bataillon wird heute der Armee des Königs entgegengehen?"

„Regierungsknecht?" Baart schüttelte sich vor Lachen. „Dummerchen, diese Auskunft bekommt man ganz einfach vom Bataillonskommandeur. Aber nun gut. Gestern hieß es, Bataillon 11 rechter Flügel, Bataillon 18 linker Flügel, Bataillon 20 gemeinsam mit Artillerie und Pionieren im Zentrum. Der König wird nicht angreifen. Man wird warten. Laut Schätzungen werden die Truppen ungefähr bei Tangguntiti oder einem der Dörfer danach auf die Armee des Königs treffen. Wenn Sie Ihr Mädchen finden wollen, gehen Sie am besten mit Bataillon 18, die nehmen den Weg durch ein Dorf namens Kayumas. Einer Quelle zufolge hat sich dort in der Nähe eine Gruppe von Flüchtlingen zusammengefunden."

Ich nickte. Um sieben Uhr schloss ich mich den Truppen an und folgte ihnen entlang der Gassen und Fußwege durchs Dorf. Gleichzeitig begannen die Kanonen der Kriegsschiffe und jene im Hauptquartier im Zollbereich von Sanur wieder mit ihrem Beschuss Richtung des Denpasar- und des Pamecutan-Palasts. Etwa fünfzig Mal hörte ich das Pfeifen und Zischen über unseren Köpfen. Ich überlegte, dass vermutlich ein Drittel der Geschosse sein Ziel traf und hoffte inständig, dass die königliche Familie dem König Folge geleistet und sich so weit wie möglich von dieser Hölle entfernt hatte.

Wir rückten weiter vor. Eine Gruppe Badung-Rebellen, nur mit ihrem Mut bewaffnet, versuchte uns am westlichen Dorfende von Sumerta aufzuhalten. Zum Glück konnte man sie ohne allzu viel Blutvergießen verscheuchen. Getreu Baarts Angaben wurden wir um acht Uhr in drei Trupps aufgeteilt. Ich schwenkte gemeinsam mit Bataillon 18 nach links in Richtung Kayumas, während Baart und einige weitere Journalisten sich Bataillon 11 anschlossen, das auf die östliche Grenze von Denpasar zuhielt.

Zwei Stunden später erreichten wir ein Plateau, welches den Blick etwa vierhundert Meter in östliche Richtung freigab. In der Ferne sahen wir undeutlich die Reihe der blauen Uniformen von Bataillon 11 marschieren.

Dann tauchte plötzlich aus der entgegengesetzten Richtung eine lange Prozession auf. Es schien sich nicht um Soldaten zu handeln, eher sah es aus wie eine Art festlicher Umzug. Ganz in Weiß gekleidete Gestalten, funkelnd geschmückt. Unbeirrt schritten sie stetig voran und als sie nahe genug waren, begannen sie sogar zu laufen. Fast sah es aus, als wollten sie die Soldaten von Bataillon 11 zur Begrüßung in die Arme schließen. Dann hörte ich Gewehrschüsse, Befehlsgebrüll, Schmerzensschreie.

„Achtung, alles wartet auf mein Zeichen!", rief der Kommandeur unseres Bataillons, den Feldstecher am Auge. Mein Herz raste. Dann brachten die Kundschafter die schreckliche Nachricht: Dieser Zug bestand aus ausnahmslos allen Bewohnern des Denpasar-Palasts. Der König, die Priester, die Dienerschaft, Adlige, Frauen und Kinder.

Der gesamte Palast? Aber was war mit den Geflüchteten? Ich suchte nach dem Kundschafter. Er sagte, in den Dörfern, die auf unserem Weg lagen, gäbe es keine Flüchtlinge. Mein Magen krampfte sich zusammen. Anak Agung Istri Suandani, mein kleines Mädchen. Sie musste bei dieser Prozession sein!

Ich sprang auf das unbemannte Pferd eines Offiziers, welches ein Soldat am Zügel führte. Das Tier stieg hoch und bockte, aber schließlich gelang es mir, damit Richtung Schlachtfeld zu preschen. Hinter mir hörte ich das Gebrüll des Kommandeurs. Ein paar Schüsse wurden in meinem Rücken abgegeben, doch das Feuer wurde gleich wieder eingestellt. Schließlich sah ich, wie sich das gesamte Bataillon 18 langsam zu meiner Rechten in Bewegung setzte.

Bei Bataillon 11 angekommen zog ich die Zügel an. Der entsetzliche Anblick, der sich mir bot, ließ mich beinahe ohnmächtig werden. Dutzende von Männern, Frauen, Kindern, ja sogar Säuglinge in den Armen ihrer Mütter, allesamt gekleidet in die prächtigsten Gewänder, die ich je gesehen hatte, taumelten auf Bataillon 11 zu, während die verunsicherten Soldaten auf das Signal ihres Kommandeurs hin immer wieder ihre Mausergewehre in die Menge abfeuerten.

Diese so wunderschön anzuschauende Prozession schien tatsächlich willentlich den Tod zu suchen. Stürzte die Reihe der Vorausschreitenden von einer Salve getroffen zu Boden, so nahmen die Folgenden sogleich deren Stelle ein, um dem Tod entgegenzuschreiten. Ein alter Mann, ein Priester vielleicht, sang Gebete, während er bald nach links, bald nach rechts sprang und seinen Dolch in die Körper seiner sterbenden Landsleute stieß, um sicherzugehen, dass alles Leben aus ihnen wich. Es war ohne Zweifel das Schrecklichste, was alle, die dort waren, je gesehen oder erlebt hatten.

Eine halbe Stunde später war alles vorbei. Stille war eingekehrt. Der Pulverdampf verzog sich. Ich dachte nur an den einen Namen und rannte wie vom Teufel besessen zu den aufgetürmten Leichen. Grub mich durch den Berg aus Fleisch, durchwühlte ihn auf der Suche nach dem einen Gesicht, das in meine Erinnerung eingebrannt war. Doch ich fand keine vertraute Gestalt. All diese Körper waren bis zur Unkenntlichkeit zerfetzt.

Eine Bewegung ließ mich inmitten meiner Verzweiflung aufschrecken. Die Gestalt einer jungen Frau erhob sich langsam am Rande des Leichenbergs. Dickes rotes Blut bedeckte ihren Körper vom Kopf bis hinunter zum Bauch. In den

Fetzen ihres Gewandes lagen die verletzten Brüste bloß. Sie starrte mich mit leeren, gebrochenen Augen an und warf dann etwas in meine Richtung. In dem Augenblick, als meine Hand hochschnellte, um es aufzufangen, hörte ich einen lauten Knall. Blut schoss wie eine Fontäne aus dem Schädel der Frau. Ich fuhr herum und sah, wie ein einheimischer Soldat sein Gewehr senkte. Ich blickte auf den Gegenstand in meiner Hand und dann verlor ich jegliche Kontrolle. Ich schlug auf den Soldaten ein, bis er zu Boden ging, rammte meine Knie in seinen Brustkorb und donnerte ihm wieder und wieder meine Faust ins Gesicht.

„Eine Münze! Sie hat eine Münze nach mir geworfen, und du schießt ihr einfach in den Kopf! Mörder!"

„Das reicht!"

Etwas Hartes traf mich im Nacken und ich stürzte der Länge nach hin.

„So was passiert, wenn Journalisten sich in den Krieg einmischen." Undeutlich erkannte ich General Rost van Tonningen, der seine Pistole zurück ins Holster schob, sich kurz umblickte und dann zu mir hinunter sah.

„Hören Sie auf, so ein mieses Zeug über uns zu schreiben, Junge. Ich und meine Leute, wir wissen, was wir tun. Wir tun es für Hindia. Nur für Hindia. Und was ist mit Ihnen? Wozu fühlen Sie sich berufen?"

Ich sagte nichts. Ich blieb die Antwort schuldig.

Bintang Jatuh

Dini hari. Sisa ketegangan masih melekat di setiap sudut benteng, menghadirkan rasa sesak yang menekan dari segala arah. Sesekali aroma busuk air Kali Besar tercium, bergantian dengan bau barang terbakar. Ingin sekali aku berendam telanjang di dalam bak mandi setelah enam jam berteriak memberi komando serta melepaskan tembakan.

Para pemberontak Tionghoa itu bukan lawan sembarangan. Jumlah mereka besar, pandai bersiasat pula. Sejak pukul sembilan, mereka menggedor semua pintu masuk. Tetapi benteng Batavia tetaplah masih yang terkuat, asalkan seluruh pasukan memiliki disiplin tinggi, serta mampu menjaga keutuhan delapan belas meriam yang dipasang di seputar benteng. Sangat melegakan bahwa tengah malam tadi, mereka berhasil kami pukul mundur.

Kulepas pandangan ke sekeliling benteng sekali lagi: Di pintu besar selatan, para prajurit tampak terduduk letih setelah berhasil memadamkan tenda peleton yang terbakar hebat sejam yang lalu. Agak ke kanan, di kanal-kanal seputar benteng, sederet sampan berisi tiga atau lima *musketier* masih bersiaga sebagai lapis kedua bila gerbang bobol. Dan akhirnya, paling belakang, di antara atap rumah penduduk, terlihat siluet menara Balai Kota, bersisian dengan kubah gereja Niuwehollandsche, seakan berlomba memberi peneguhan bahwa kami masih berkuasa penuh atas kota ini. Ya, semua tampak beres. Aku bisa tidur sebentar. Tentunya setelah memenuhi panggilan atasanku, Kapten Jan Twijfels.

Aku tak pernah menyembunyikan kekagumanku pada Kapten Twijfels. Dua puluh tahun lalu, pada usia 18, ia sudah memperoleh bintang penghargaan karena tetap bertahan di pos meski luka parah dalam perang Sepanjang melawan laskar gabungan Surabaya dan Bali. Soal moral, ia sepaham denganku: antipergundikan. Istrinya orang Belanda. Diboyong ke Jawa bersama kedua anaknya yang masih kecil. Sebagai anggota dewan, suaranya juga cukup didengar.

Begitu pintu tenda tersibak, terlihatlah sosoknya. Tinggi langsing, duduk tanpa wig, menghadap sebuah meja yang sarat berkas laporan. Seragam militernya lusuh. Terlebih jabot putihnya yang tak lagi terkancing rapi. Di lantai, terserak pedang, pistol, serta kantung mesiu, seolah dilempar begitu saja dari bahu.

"Letnan Goedaerd," ujar Kapten Twijfels, menyorongkan botol dan gelas pendek. "Seteguk arak Cina untuk kemenangan kita?" Suaranya terdengar serak.

"Arak pada pukul satu pagi?" Aku terkekeh sambil menarik kursi. "Hasil memeras, atau upeti dari Kapten Nie Hoe Kong lagi?"

"Apa bedanya?" Kapten Twijfels mengangkat bahu. "Minumlah. Selain cukup enak, topik yang sebentar lagi kubicarakan denganmu memerlukan ramuan penguat jiwa semacam ini."

"Anda membuatku gelisah." Kuisi seperempat bagian gelasku dengan arak. Kutandaskan sekali teguk. "Apakah ini tentang penduduk Tionghoa yang ada di dalam benteng, Kapten? Telah kami umumkan, bahwa sejak tadi pagi, 8 Oktober 1740, penduduk Tionghoa dilarang pergi ke luar benteng. Dan setelah pukul 18.30, semua harus tinggal di rumah, tanpa lampu, serta secepatnya menyerahkan segala senjata kepada petugas. Tak ada perayaan Imlek tahun ini."

"Baguslah itu." Kapten Twijfels bangkit dari kursi, berjalan dengan tangan terkait ke belakang. "Nah, meski berkaitan dengan orang Tionghoa, bukan itu tujuanku memanggilmu."

"Bacalah," kata Kapten, menunjuk tumpukan kertas. "Kerusuhan semakin meluas sejak letusan pertama di bulan Februari, sementara kontak fisik di banyak tempat justru semakin memberi gambaran suram tentang kemampuan kita mengelola konflik ini. Akhir September lalu, pos de Qual di Bekasi diserang oleh lima ratus orang. Tanggal 7 Oktober kemarin, penjagaan di Dientspoort, serta pasukan yang dikirim ke Tangerang juga diserang. Dua perwira berikut empat belas tentara tewas."

"Mengamati semua ini, kekhawatiran Gubernur Jenderal bahwa penduduk Tionghoa yang ada di dalam benteng akan terhasut dan bangkit melawan kita, kiranya bukan omong kosong," lanjut Kapten Twijfels. "Apalagi Nie Hoe Kong ini tidak becus menjadi Kapten Cina. Tak punya wibawa mengatur warganya. Aku bahkan curiga, dia ada di belakang ini semua. Bukankah pemberontakan ini bermula dari persekongkolan buruh tebu miliknya?"

"Ya," kataku. "Hanya saja, akhir-akhir ini aku sering berpikir, bagaimana semua ini bisa terjadi? Hubungan kita dengan mereka cukup akrab di masa lalu, bukan?" Kuamati piring makan Kapten yang terbuat dari keramik biru dengan motif naga api.

"Tionghoa. Mereka menguasai segalanya sejak kota ini berdiri seratus tahun lalu. Coba, sebut satu saja pekerjaan yang tidak mereka pegang. Tentunya di luar struktur pegawai pemerintah," kata Kapten Twijfels, memburu mataku. "Pandai besi, penyuling arak, tukang sepatu, tukang roti, bandar judi, rentenir, penarik pajak, mandor gula. Dan semua mereka kerjakan dengan tuntas. Membuat orang-orang kita tampak seperti sekumpulan pecundang bodoh."

"Lalu, kesuksesan mengelola pabrik gula akhirnya memicu kedatangan sanak-saudara mereka dari Tiongkok," kata Kapten, meraih pipa dari atas meja, menjejalkan tembakau, lalu menyulut api.

"Para pendatang baru ini rata-rata tak punya keahlian. Saat industri gula bangkrut, mereka berkeliaran di jalan, menambah jumlah orang jahat," lanjut Kapten sambil membebaskan sekumpulan asap dari bibirnya. "Kita memerlukan mereka untuk memutar roda ekonomi, tetapi tentunya sudah menjadi kewajiban kita juga untuk menyingkirkan sampah dari kota. Sepakat, Letnan?"

Aku mengangkat alis. "Mereka menghasilkan uang. Tetapi uangnya masuk ke saku pribadi para pegawai pemerintah. Kas negara terlantar, sementara para oknum hidup mewah. Bertahun-tahun seperti itu. Dan kini kita ingin para Tionghoa ini pergi, karena tak sanggup lagi bersaing dengan mereka, yang tetap bertahan walau sudah kita jegal dengan aneka pajak serta surat izin tinggal."

"Kau hendak mengatakan bahwa semua salah kita?"

"Hanya mencoba melihat sisi lain," kataku, menggaruk kepala. "Simpul masalahnya rumit dan telah mengeras, tetapi bisa kita cari di sebelah mana simpul itu mulai tersangkut. Kalau kekusutan ada di sisi dalam, mengapa repot mengurai yang ada di luar?"

"Bisa diperjelas?"

"Hei, Kapten," kataku, tertawa. "Anda mencecarku?"

"Hanya ingin tahu pendapat pribadimu."

"Aku sudah mengatakannya, bukan?"

Kapten Twijfels mengurut dahi. "Agaknya catatan kepribadian dari mantan atasanmu benar."

"Apakah itu berarti aku masuk kualifikasi tugas yang akan Anda berikan?"

"Sudut pandangmu agak berbeda. Tapi tak masalah."

"Aku tersesat dalam pembicaraan ini, Kapten."

"Baiklah. Kembali ke topik awal. Kalau memang ini salah kita, menurutmu siapa yang paling bertanggung jawab?"

"Tentunya pejabat tertinggi di Hindia Timur."

"Gubernur Jenderal Adriaan Valckenier?"

"Anda baru saja menyebut namanya," kataku, mengangguk.

Kapten Twijfels lama terdiam, dan masih memerlukan sedikit waktu lagi untuk meneguk sisa arak dalam gelasnya sebelum kembali duduk di kursi.

"Sejujurnya aku tak ingin menyertakanmu, Letnan, tetapi karena kau yang terbaik di dalam kesatuanku, dan demi keselamatan jiwamu juga…" Kapten tidak melanjutkan kalimatnya, melainkan menyodorkan sehelai poster.

"Kenal orang ini?" Kapten Twijfels menyentuh gambar di poster.

"Aku bersalaman dengan beliau saat parade tahun baru kemarin," sahutku seraya mengamati poster. "Tapi apa hubungan Gustaaf Willem von Imhoff dengan keselamatan jiwaku?"

"Letnan, kita ada di tengah pertempuran dua raksasa. Bukan semata melawan pemberontak Tionghoa," bisik Kapten Twijfels. "Dua raksasa: Kubu Valckenier melawan von Imhoff. Perseteruan yang sudah dimulai sejak pemilihan gubernur jenderal baru pengganti Abraham Patras."

"Oh, aku tak tahu itu. Apakah von Imhoff terang-terangan menjegal Valckenier?"

"Kubu von Imhoff sudah memenangi opini umum di seluruh Dewan Hindia. Entah mengapa, akhirnya yang ditetapkan menjadi gubernur jenderal adalah Valckenier."

"Sejak itu, von Imhoff, yang menjadi wakil sekaligus penasihat gubernur jenderal, menghujani Valckenier dengan aneka tuduhan yang harus dipertanggungjawabkan selaku pemimpin tertinggi. Mulai kekalahan persaingan dengan East Indies Company, korupsi, kesalahan kuota ekspor gula, serta praktik penjualan surat izin tinggal para Tionghoa baru-baru ini. Valckenier balas menyebut von Imhoff sebagai orang yang tidak tegas, lemah, dan plin-plan."

"Siapa yang lebih layak dipercaya?"

"Nanti kita akan tiba di titik itu juga, Letnan."

"Dan kaitannya denganku?"

Mata Kapten Twijfels tampak redup saat bertukar tatap denganku. "Suatu kelompok rahasia yang berdiri di belakang Valckenier menghubungiku minggu lalu. Minta agar kesatuan elit kita membantu. Kau mendapat kehormatan untuk melaksanakannya." Kapten Twijfels meraih pistol dari lantai, menaruhnya di meja, kemudian memutarnya, sehingga gagangnya menghadap ke arahku. "Lenyapkan Baron von Imhoff."

Aku terlonjak, nyaris jatuh dari kursi.

"Gila. Mengapa harus dilenyapkan, dan mengapa aku?"

"Mereka memberi perintah. Dan kita adalah alat mereka," ujar Kapten Twijfels, kembali menuang arak. Kali ini hampir memenuhi gelas. "Soal mengapa kau yang terpilih, sebaiknya dengarkan dulu hal-hal baik yang akan segera kauterima," katanya. "Pertama, kau tak sendirian. Ada tiga orang dari kesatuan elit lain yang akan membantu. Maaf, aku hanya tahu nama palsu mereka: Letnan Jan de Zon, Sersan van Ster, dan Sersan Maan. Kedua, identitas kita dilindungi secara maksimal. Ketiga, pukul sepuluh pagi nanti, ada kurir yang akan mengantar bingkisan upah ke rumahmu. Jumlahnya cukup untuk membeli sebidang tanah kelas menengah di Tangerang. Setelah tugas selesai, kiriman dalam jumlah sama kembali diantar, ditambah bonus tiga puluh persen."

Aku menggeleng. "Perlu satu detasemen dan latihan seminggu penuh untuk melaksanakannya."

"Tak ada waktu. Walau demikian, satu kompi tentara elit bayangan telah disiapkan untuk berangkat ke lokasi. Mereka para loyalis Valckenier. Sudah diatur untuk tutup mulut." Kapten Twijfels mengepulkan asap terakhir sebelum membuang abu dari pipa.

"Ke lokasi mana?"

Kapten menunjuk satu titik pada peta di dinding. "Tenabang!" serunya. "Tanggal 5 Oktober kemarin, von Imhoff bersama sejumlah pasukan di bawah Letnan Hermanus van Suchtelen dan Kapten Jan van Oosten pergi ke Tenabang, menemui Tan Wan Soey, salah seorang pemimpin pemberontak. Valckenier menduga, perundingan akan sia-sia. Von Imhoff sendiri sudah mempersiapkan kemungkinan terburuk, bahkan telah berpesan agar bantuan tentara dipercepat, karena enam pucuk meriam yang dibawa kuli dari Batavia, hilang di sawah bersama kotak amunisinya. Tentu ia tak menyadari, bahwa keteledoran para kuli itu bukan tanpa sebab."

"Diatur dari sini?" tanyaku ragu. Jauh di lubuk hati, aku merasa seperti tikus tolol yang masuk ke dalam perangkap.

Kapten mengangguk. "Letnan, di Batavia kita hidup bagai di negeri dongeng. Orang yang datang dari Belanda sebagai pemerah susu, di sini mendadak kaya raya, masuk ke dalam lingkaran berpengaruh. Tetapi kita harus siap menghadapi kebalikannya: bintang yang semula bersinar di ketinggian, bisa saja jatuh ke dalam permainan gila para penguasa."

"Bagaimana bila tugas ini kutolak?"

Kapten Twijfels melepas jabot, lalu membuangnya ke lantai.

"Istrimu kelahiran Friesland, Letnan? Berapa usia anakmu? Kurasa lebih kecil dari anakku. Kau baru menikah tiga tahun lalu, bukan? O, ya. Cicilan rumahmu sudah jatuh tempo, apakah akan kau ulur lagi?"

"Bajingan! Jangan sentuh anak-istriku!" Kuterkam leher Kapten Twijfels. Tetapi pria itu lebih gesit. Ia melompat mundur sambil meraih pistol, lalu menodongkannya kepadaku.

"Tenang, Letnan. Apa kaukira aku bebas dari ancaman semacam itu? Mereka bahkan sudah tiga kali menjumpai anak-istriku. Pikirkan, seperti apa hidupku? Seorang pahlawan terhormat, ditekan tanpa bisa berbuat banyak. Aku telah melewati masa-masa gundah dengan pikiran sehat seperti dirimu. Di benakku kini hanya ada satu hal: sesegera mungkin menyelesaikan tugas ini. Aku ingin tenang, menikmati hari tua bersama keluarga."

Aku lunglai. Semua yang kujalani sebelum titik ini, termasuk pemujaanku terhadap Kapten Twijfels mendadak sirna. "Katakan rencanamu," kataku akhirnya, pasrah.

"Maafkan aku, Letnan." Kapten Twijfels menurunkan pistolnya. "Pulanglah. Biar kuurus yang di sini. Pukul tiga sore nanti, bersiaplah di depan Toko Oen. Lupakan seragam militer, juga kudamu. Dan ikatkan ini di lengan kiri." Kapten melempar pita putih. "Seseorang beruluk sandi 'bintang jatuh' akan menjemput. Jawablah, 'cahayanya telah pudar'. Ia akan membawamu menemui pasukan bayangan di Jati Pulo."

"Lalu malamnya, Letnan de Zon akan menemui von Imhoff. Kau dan kedua sersan siap di tiga titik tak jauh dari mereka. Seorang tentara akan melakukan provokasi agar orang Tionghoa menyerang. Dengan dalih perlindungan, Letnan de Zon akan memisahkan von Imhoff dari pasukan asli, lalu membawanya mundur bersama pasukan bayangan melewati koordinatmu. Itulah saat malaikat maut menjemput. Tembakanmu harus dari arah belakang, seolah dilepaskan musuh. Kalau meleset, masih ada dua sersanmu. Selamat bertugas. Nama palsumu: Hendriek van Aarde. Dokumen telah siap di sana."

Aku membisu, dan terus membisu setiba di rumah. Kupandangi istri serta anakku yang tergolek pulas. Kuberi mereka kecupan di dahi. Kusesali karierku. Kusesali kemampuan militerku yang jauh di atas rekan-rekanku, sehingga membuat diriku mudah terlihat, kemudian disalahgunakan oleh penguasa. Ya, aku, Jacob Maurits Goedaerd, bukan lagi prajurit. Aku pembunuh bayaran. Lebih rendah daripada perampok. Perampok menatap mata korbannya, sedang aku menembak dari belakang. Tetapi bonus itu mungkin bisa menebus dosaku. Aku akan keluar dari dinas, memulai hidup baru. Entah apa. Kuamati gerak pendulum jam di sudut kamar sampai terlelap.

Pukul dua tiga puluh. Setelah tadi pagi membohongi keluargaku soal bonus yang kuterima dari kurir, kini aku telah berdiri di depan Toko Oen, di tepi jalan Kali Besar Barat, dekat jembatan. Di bahu kanan, terbungkus rapi senapan pemberian Kapten Twijfels. Modifikasi dari *donderbusche*, dengan butiran peluru tembaga. Biasa digunakan oleh pemberontak Tionghoa. Tentu saja ini bagian dari rencana kami.

Satu jam berlalu. Di tepi jalan, kedai kudapan sore mulai digelar, menebar aroma, menggugah selera. Mana jahanam itu? Kulirik lenganku. Kupastikan bahwa pita putih itu terlihat dari jarak jauh. Namun hingga pukul empat tiga puluh tak ada yang datang.

Kuputuskan mengisi perut dahulu di sebuah kedai bebek panggang di sisi kanan jembatan, dekat pasar ikan. Pemilik sekaligus juru masaknya seorang wanita Tionghoa tua, dibantu anak lelakinya. Wajah mereka menyimpan kegelisahan. Pasti mereka telah mendengar perihal pertempuran kami kemarin malam. Orang-orang ini memang serba salah. Tinggal bersama kami, pasti diperas habis. Sementara bila memilih keluar dari benteng, mereka akan dipaksa bergabung oleh gerombolan pemberontak.

"Sore, *Heer*," kusapa orang yang duduk di sebelahku. Ia seorang Belanda juga. Mungkin opsir yang sedang cuti. Tubuhnya demikian tambun, membuat hulu pedang di pinggangnya nyaris tak terlihat. Porsi makannya banyak, sehingga belum juga ia rampung saat aku beranjak pergi ke tempatku semula.

Aku enggan berdiri lama seperti tadi. Jadi, kupinjam bangku kedai untuk duduk. Saat itulah tiba-tiba terdengar olehku beberapa ledakan keras dari arah Selatan, kemungkinan besar berasal dari satu seri tembakan meriam, disusul kegaduhan yang semula tak begitu jelas bentuknya. Semakin lama semakin nyata. Itu adalah suara yang berasal dari tenggorokan manusia. Jeritan orang di ambang maut. Keras dan memilukan.

Belum sempat menyimpulkan apa yang sesungguhnya terjadi, sekonyong-konyong kusaksikan gelombang besar orang Tionghoa tumpah-ruah memenuhi jalan raya Kali Besar, Tijgersgracht, Jonkersgracht, bahkan hingga ke lorong-lorong sekitar Gudang Timur, tiga blok di belakang tempatku berada. Kemudian, entah mengapa, di mulut gang atau jembatan mereka jatuh bergelimpangan, seperti boneka panggung yang putus tali. Sisanya saling desak dan injak. Sebagian lainnya, dalam keadaan luka parah, menceburkan diri ke sungai, untuk kemudian timbul kembali ke permukaan sebagai raga tanpa nyawa.

Beberapa saat setelah itu, seperti memasuki babak akhir sebuah pentas tragedi, hadirlah pemandangan yang semakin menjauhkan benakku dari batas kewarasan: orang Belanda, lebih dari seratus jumlahnya, bersama para kelasi dan kuli pribumi, berlari di belakang gerombolan besar orang Tionghoa tadi. Tidak, bukan berlari beriringan. Mereka memburu. Seperti sekawanan singa gunung menggiring gerombolan bison di padang prairi. Di tangan orang-orang itu, tergenggam pedang atau kapak. Pada setiap ayunan lengan, melayanglah nyawa buruan di depan mereka. Beberapa kelasi ada juga yang melepaskan tembakan membabi-buta. Berteriak-teriak seperti orang kerasukan.

Dalam hitungan menit, di kiri-kanan jalan, di selokan, serta terutama di sungai, berjejal lapis demi lapis tubuh kuning pucat. Luluh-lantak.

Di Tijgersgracht, lingkungan termewah di Batavia yang berjarak sepelemparan tombak dari tempatku berdiri, kulihat rumah dan toko Tionghoa dibakar. Pemiliknya dibariskan terlebih dahulu di tepi sungai sebelum mata pedang mencium batang leher mereka satu-persatu. Sungguh, hari ini dinding neraka telah jebol. Para iblis turun ke bumi dalam wujud manusia haus darah. Aku kerap melihat tubuh remuk di medan perang, tetapi belum pernah kusaksikan cara mati seperti ini.

Meski sasaran amuk cukup jelas, demi rasa aman, kutarik pistol dari pinggang.

"Bagus, lebih cepat mati dengan pistol!" seorang pria Belanda yang lewat di dekatku berteriak sambil menyeret dua babi gemuk hasil jarahan.

"Apa yang terjadi?" teriakku berulang kali, entah kepada siapa. Semua telah mati. Bahkan wanita tua penyaji bebek panggang tadi kulihat telah terkapar di bawah meja, di antara piring dan ceceran nasi. Juga anak lelakinya. Di depan mereka, pria tambun yang belum lama makan bersamaku, tegak mematung. Pedangnya semerah wajah dan sekujur tubuhnya.

"Kau gila! Ia baru saja memberimu makan!" bentakku. Si tambun tersentak, seolah baru terjaga dari mimpi. Tanpa bicara, dibuangnya pedang ke tengah sungai, lalu ia menyingkir. Aku bermaksud mengikuti langkahnya, pergi jauh dari tempat terkutuk ini, ketika mendadak terdengar suara parau: "Bintang jatuh!"

Oh, itu kata sandi yang sejak pagi kutunggu.

"Cahayanya telah pudar!" Agak gugup, kujawab sambil berpaling ke sumber suara. Seorang pria tua, dengan codet panjang di pipi kanan, berdiri dalam mantel hitam. Tak begitu jelas, apa yang berkilat di tangan kirinya. Mungkin belati kecil, bisa juga sebatang garpu. Yang jelas, ada bercak darah di situ.

"Rencana ditunda. Von Imhoff pulang awal. Siang tadi mendadak Valckenier memerintahkan pemusnahan orang-orang ini. Tunggu kabar selanjutnya," katanya, membetulkan letak topi beludrunya sebelum lenyap di tengah kerumunan.

Pemusnahan? Aku ternganga.

Perlahan, pistol kusarungkan kembali. Hari mulai gelap, tapi tak jua aku beringsut dari tempatku berdiri. Barangkali karena tak tahu harus berbuat apa. Di sekelilingku, api mulai berkobar. Angin malam berembus perlahan, menitipkan bau sangit bercampur anyir darah. Tiba-tiba aku merasa mual.

Selamat Tinggal Hindia

Chevrolet tua yang kutumpangi semakin melambat, sebelum akhirnya berhenti di muka barikade bambu yang dipasang melintang di ujung jalan Noordwijk. Sebentar kemudian, seperti sebuah mimpi buruk, dari sebelah kiri bangunan muncul beberapa orang pria berambut panjang dengan ikat kepala merah putih dan aneka seragam lusuh, menodongkan senapan.

"Laskar," gumam Dullah, supirku.

"Pastikan mereka melihat tanda pengenal wartawan itu," bisikku.

Dullah menunjuk kertas di kaca depan mobil. Salah seorang penghadang melongok melalui jendela.

"Ke mana?" tanya orang itu. Ia berpeci hitam. Kumisnya lebat, membelah wajah. Sepasang matanya menebar ancaman.

"Merdeka, Pak! Ke Gunung Sahari. Ini wartawan. Orang baik," kata Dullah, dengan raut muka yang dibuat setenang mungkin, mengarahkan ibu jarinya kepadaku.

"Turun dulu baru bicara, *sontoloyo*!" bentak si kumis sambil memukul bagian depan mobil. "Suruh bule itu turun juga!" sambungnya.

Tergesa, Dullah dan aku menuruti perintahnya. Dibantu beberapa rekannya, si kumis menggeledah seluruh tubuh kami. Sebungkus rokok Davros yang baru kunikmati sebatang segera berpindah ke saku bajunya. Demikian pula beberapa lembar uang militer Jepang di dalam dompet. Seorang laskar lain masuk ke dalam mobil, memeriksa laci, lalu duduk di kursi sopir, memutar-mutar roda kemudi seperti seorang anak kecil.

"Martinus Witkerk. *De Telegraaf*," ujar si kumis membaca surat tugas, lalu menoleh kepadaku. "Belanda?"

"Tidak bisa bahasa Melayu, asli dari sana," sergah Dullah. Tentu saja ia berdusta.

"Aku tanya dia, bukan kamu. *Sompret*!" Si komandan menampar pipi Dullah. "Teman-temanmu mati kena peluru, kamu ikut penjajah.

Sana, minggat!" Ia mengembalikan dompetku sambil menikmati rokok rampasannya.

"Terima kasih, Dullah," kataku beberapa saat setelah kendaraan kembali melaju. "Kamu baik-baik saja?"

"Tak apa, Tuan. Begitulah sebagian dari mereka. Mengaku pejuang, tapi masuk-keluar rumah penduduk, minta makanan atau uang. Sering juga mengganggu perempuan," sahut Dullah. "Untung saya yang mengemudi. Bila Tuan Schurck yang pegang, saya rasa tuan berdua tidak akan selamat. Mereka suka menghabisi orang Eropa yang mudah marah seperti Tuan Schurck. Tidak peduli wartawan."

"Jan Schurck memang pandai membahayakan diri," kataku, tersenyum. "Itu sebabnya majalah *Life* memberinya gaji tinggi."

"Tuan yakin alamat si nona ini?"

"Ya, seberang Topografisch Bureau. Tidak mau pergi dari situ. Si Kepala Batu."

Kepala batu. Maria Geertruida Welwillend.

Geertje! Ya, itu nama sebutannya.

Aku bertemu wanita itu di kamp internir Struiswijk, tak lama setelah pengumuman resmi takluknya Jepang kepada Sekutu.

Waktu itu, di Hotel Des Indes, yang sudah kembali ditangani oleh manajemen Belanda, aku dan beberapa rekan wartawan tengah membahas dampak sosial di Hindia seiring kekalahan Jepang.

"Proklamasi Kemerdekaan serta lumpuhnya otoritas setempat membuat para pemuda pribumi kehilangan batas logika antara 'berjuang' dan 'bertindak jahat'. Rasa benci turun-temurun terhadap orang kulit putih serta mereka yang dianggap kolaborator tiba-tiba seperti menemukan pelampiasannya di jalan-jalan lengang, di permukiman orang Eropa yang berbatasan langsung dengan kampung pribumi," kata Jan Schurck, melemparkan seonggok foto ke atas meja.

"*God Almachtig*. Mayat-mayat ini seperti daging giling," ujar Hermanus Schrijven dari *Utrechts Nieuwsblad*, membuat tanda salib setelah mengamati foto-foto itu. "Kabarnya, para jagal ini adalah jawara atau perampok yang direkrut menjadi tentara. Sebagian rampasan dibagikan kepada penduduk. Tapi kerap pula diambil sendiri."

"Bandit patriot," kata Jan, mengangkat bahu. "Terjadi pula semasa Revolusi Prancis, Revolusi Bolshevik, dan di antara para partisan Yugoslavia hari ini."

"Anak-anak haram revolusi," aku menimpali.

"Aku benci perang," kata Hermanus, membuang puntung rokoknya

"Warga Eropa tidak menyadari bahaya itu," kataku. "Setelah lama menderita di kamp, tak ada lagi yang mereka inginkan kecuali selekasnya pulang. Mereka tak tahu, si Jongos dan si Kacung telah berubah menjadi pejuang."

"Kurasa banyak yang tidak mendengar maklumat dari Lord Mounbatten agar tetap tinggal di kamp sampai pasukan Sekutu datang," kata Eddy Taylor, dari *The Manchester Guardian*.

"Ya. Dan para komandan Jepang, yang sudah tidak memiliki semangat hidup sejak kekalahan mereka, cenderung membiarkan tawanannya minggat. Ini mengkhawatirkan," ujar Jan, menyulut rokok, entah yang ke berapa.

"Bisa lebih buruk. Tanggal 15 September kemarin, pasukan Inggris tiba di Teluk Batavia," kataku, menunjuk peta di meja. "Sebuah *cruiser* Belanda yang menyertai pendaratan itu konon telah memicu keresahan kalangan militan di sini. Bagi mereka, hal itu seperti menguatkan dugaan bahwa Belanda akan kembali masuk Hindia."

"*Well*, ini di antara kita saja. Menurut kalian, apakah Belanda berniat kembali?" Eddy Taylor menatap Jan dan aku, ganti-berganti.

Mendadak pembicaraan terpotong teriakan Andrew Waller, wartawan *Sydney Morning Herald*, yang setia memantau perkembangan situasi melalui radio. "Menarik! Ini menarik! Para mantan tentara KNIL dan tentara Inggris pagi ini memindahkan para penghuni kamp Cideng dan Struiswijk."

Tak membuang waktu, kami semua berangkat pergi. Aku dan Jan memilih mengunjungi Kamp Tawanan Struiswijk.

Mayor Adachi, komandan Jepang yang kami temui, menyambut gembira upaya pemindahan massal ini.

"Patroli kami kerap menjumpai mayat orang Eropa yang melarikan diri dari kamp. Tercincang dalam karung di tepi jalan," katanya.

Aku mengangguk sembari mencatat. Tetapi sesungguhnya mataku terpaku pada Geertje yang berjalan santai menenteng koper. Bukan menuju rombongan truk, melainkan ke Jalan Drukkerijweg, bersiap memilih becak.

"Hei, Martin!" teriak Jan Schruck. "Gadis itu melirikmu sejak tadi. Jangan tolak keberuntunganmu. Kejar!"

Aku memang mengejarnya, tetapi segera menerima kejutan besar.

"Aku tidak ikut," kata Geertje, menatapku tajam. "Truk-truk ini menuju Bandung. Ke tempat penampungan di Kapel Ursulin. Sebagian lagi ke Tanjung Priok. Aku harus pulang ke Gunung Sahari. Banyak yang harus kukerjakan," katanya.

"Maksudmu, sebelum Jepang datang, engkau tinggal di Gunung Sahari, dan sekarang hendak kembali ke sana?" tanyaku.

"Ada yang salah?" Geertje balik bertanya.

"Ya. Salah waktu dan tempat. Pembunuhan terhadap orang kulit putih, Tionghoa, dan orang-orang yang dianggap kolaborator Belanda semakin menjadi. Mengapa ke sana?"

"Karena itu rumahku. Permisi," kata Geertje, membalikkan badan, menenteng kembali kopernya.

Aku tertegun. Dari jauh kulihat si keparat Jan menjungkirkan ibu jarinya ke bawah.

"Tunggu!" Aku mengejar Geertje. "Biar kuantar."

Kali ini Geertje tak menolak. Dan aku bersyukur, Jan bersedia meminjamkan motornya.

"Hati-hati sinyo satu ini, Nyonya," kata Jan, mengedipkan mata. "Di Nederland banyak wanita merana menunggu kedatangannya."

"Begitukah? Panggil 'nona', atau sebut namaku saja," sahut Geertje.

"Oh, kalau begitu panggil aku Jan."

"Dan ini Martin," kataku, menebah dada. "Apakah kau tak ingin membuang bakiak kamp itu?" tanyaku sambil melirik kaki Geertje. "Bukankah para tentara di sana menyediakan sepatu untuk wanita dan anak-anak? Mereka juga membagikan gincu dan bedak. Kalian akan kembali rupawan."

"Belum terbiasa bersepatu lagi, jadi kusimpan di koper. Di kamp, aku mahir berlari dengan bakiak," ujar Geertje, tertawa, meletakkan tubuhnya di jok belakang.

Mijn God. Tawa renyah dan lesung pipinya. Betapa ganjil berpadu dengan sepasang alis curam itu. Wajah yang sarat teka-teki. Apakah wanita ini masih memiliki keluarga? Suami? Tapi tadi ia minta dipanggil 'nona'.

"Gunung Sahari sering dilewati Batalyon X. Mereka menjaga permukiman Eropa. Tetapi tentu saja tak ada yang tahu, kapan serangan datang. Coba pikirkan usulku tadi," kataku. Dari kaca spion, kutengok Geertje. Ia tampak ingin mengatakan sesuatu, tetapi suara motor Jan teramat bising. Akhirnya kami membisu saja sepanjang perjalanan.

Di perempatan Kwitang aku meliuk ke kanan, meninggalkan iringan truk berisi wanita dan anak-anak di belakangku. Ah, anak-anak itu. Riuh bertepuk tangan, menyanyikan lagu-lagu gembira. Tidak menyadari bahwa kemungkinan besar tanah Hindia, tempat mereka lahir, sebentar lagi tinggal kenangan.

'Depan empang itu," kata Geertje, melambai.

Aku membelokkan motor. Rumah besar itu terlihat menyedihkan. Dindingnya kotor. Kaca jendela pecah di sana-sini. Anehnya, rumput pekarangan tampak seperti belum lama dipangkas.

"Sebentar!" kataku, kuraih lengan Geertje saat ia ingin berlari ke teras. Dari tas di belakang motor, kukeluarkan belati yang tadi dipinjamkan oleh Jan. Kudorong pintu depan. Terkunci.

"Masih ingin masuk?" tanyaku.

"Ya," jawab Geertje. "Singkirkan belatimu. Biar aku yang mengetuk. Semoga rumah ini belum diambil alih keluarga Eropa lain."

"Atau oleh laskar," sahutku.

Geertje mengetuk beberapa kali. Tak ada jawaban. Kami berputar ke belakang. Pintunya terbuka sedikit. Saat hendak masuk, terdengar langkah kaki dari kebun. Seorang wanita pribumi. Mungkin berusia lima puluh tahun.

"Nona!" wanita itu meraung, memeluk kaki Geertje.

Geertje menarik bahu si wanita agar berdiri.

"Jepang sudah kalah. Aku pulang, Iyah. Mana suamimu? Apakah selama ini engkau tinggal di sini?" tanya Geertje. "Ini Tuan Witkerk, teman saya. Martin, ini Iyah. Pengurus rumah tangga kami."

Iyah membungkuk kepadaku, lalu kembali menoleh kepada Geertje.

"Setelah terakhir menengok Nona, rumah ini diambil Jepang. Tempat tinggal para perwira. Saya memasak untuk mereka. Tidak boleh pergi. Itulah sebabnya saya tidak bisa menengok Nona," Iyah kembali terisak. "Mana Tuan, Ibu, dan Sinyo Robert?"

"Mama meninggal bulan lalu. Kolera," kata Geertje, mendorong pintu lebih lebar, lalu masuk rumah. Aku dan Iyah menyusul. "Papa dan Robert, dikirim ke Burma. Sudah kuminta komandan kamp mencari berita tentang mereka," lanjut Geertje.

"Barang berharga disita. Foto-foto di dinding musnah. Diganti bendera Jepang. Tapi belum lama ini mereka buru-buru pergi. Entah ke mana. Banyak barang tidak dibawa," kata Iyah. "Saya ambil alat-alat masak dulu di gubuk. Sekalian ajak suami ke sini. Sejak jadi koki Jepang, saya pindah ke gubuk belakang. Setelah mereka pergi, saya tetap tidak berani tinggal di sini. Tapi setiap ada kesempatan, pasti menengok, membersihkan yang perlu."

"Ajak suamimu. Kita bangun rumah ini. Kalau bank sudah berjalan normal, mungkin aku bisa mengambil sedikit simpanan." Geertje membiarkan Iyah berlari ke luar, lalu meneruskan memeriksa rumah. Meja-kursi tersisa beberapa, juga lemari. Tetapi tak ada isinya. Sebuah kejutan kami temukan di ruang keluarga: Piano hitam yang anggun. Cukup mengherankan, Jepang tidak menyita atau merusaknya. Mungkin dulu dipakai sebagai hiburan.

Geertje meniup debu tipis, membuka penutup tuts. Sepotong irama riang menjelajahi ruangan.

"Lagu rakyat?" tanyaku.

"Si Patoka'an," kata Geertje mengangguk, lalu bersenandung menimpali ketukan tuts.

"Engkau menyatu dengan alam dan penduduk di sini. Mereka juga menyukaimu. Mungkin mencintaimu setulus hati," kataku. "Tapi zaman 'tuan' dan 'babu' ini akan segera berakhir. Amerika semakin memperlihatkan ketidaksukaan mereka akan kolonialisme. Dunia luar juga mulai mengawasi setiap denyut perubahan yang terjadi di sini. Dan kehadiran kita selama tiga ratus tahun lebih sebagai penguasa negeri ini, bahkan makan jantung negeri ini, semakin memperburuk posisi tawar kita. Kurasa Hindia Belanda tak mungkin kembali, sekeras apa pun upaya kita merebut dari tangan para nasionalis pribumi ini."

"Bila api revolusi telah berkobar, tak ada yang bisa menahan," kata Geertje, menghentikan laju jemarinya di atas tuts. "Mereka hanya ingin mandiri, seperti kata ayahku dulu. Ayah pengagum Sneevlit. Ia siap kehilangan hak-hak istimewanya di sini. Aku sendiri seorang guru sekolah pribumi. Lahir, besar di tengah para pribumi. Saat Jepang berkuasa, kusadari bahwa Hindia Belanda bersama segala keningratannya telah usai. Aku harus berani mengucapkan selamat tinggal kepadanya. Dan apa pun yang ada di ujung nasib, aku akan tetap tinggal di sini. Bukan sebagai 'penguasa', seperti istilahmu. Entah sebagai apa. Jepang telah memberi pelajaran, pahitnya menjadi jongos atau babu. Setelah kemarin hidup makmur, bukankah memalukan lari di saat orang-orang ini butuh bimbingan kita?"

"Orang-orang itu…" Aku tidak meneruskan kalimat. Sunyi sesaat.

"Konon, seorang pemburu menemukan bayi harimau," akhirnya aku menghela napas. "Dirawatnya hewan itu penuh kasih. Ia menjadi jinak. Makan-tidur bersama si pemburu hingga dewasa. Tak pernah diberi daging. Suatu hari, tangan si pemburu tergores piring kaleng milik si harimau. Darah mengucur."

"Si harimau menjilati darah itu, menjadi buas, lalu menerkam si pemburu," kata Geertje, memotong. "Engkau mencoba mengatakan bahwa suatu saat para pribumi akan menikamku dari belakang. Betul?"

"Kita ada di tengah pergolakan besar dunia. Nilai-nilai bergeser. Setelah berabad, kita menyadari tanah ini bukan Ibu Pertiwi kita," jawabku. "Untuk ketiga kalinya kuminta, pergilah selagi bisa."

"Ke Belanda?" Geertje menurunkan tutup piano. "Aku bahkan tak tahu, di mana letak negara nenek moyangku itu."

"Di kampung halamanku, di Zundert, ada beberapa rumah kontrakan dengan harga terjangkau. Sambil menunggu kabar tentang ayahmu, kau bisa tinggal di sana."

"Terima kasih," Geertje tersenyum. "Kau sudah tahu di mana aku ingin tinggal."

Itu jawaban Geertje beberapa bulan lalu. Sempat dua kali aku menemuinya kembali. Memasang kaca jendela, dan mengantarnya ke pasar. Setelah itu, aku tenggelam dalam pekerjaan. Geertje juga tak memikirkan hal lain kecuali membangun rumah. Sulit mengharapkan percik asmara hadir di antara kami.

Lalu datanglah berita tentang pertempuran keras tadi malam, yang merambat dari Meester Cornelis sampai ke Kramat. Beberapa kesatuan pemuda melancarkan serangan besar-besaran ke pelbagai wilayah secara rapi dan terencana. Di sekitar Senen - Gunung Sahari, sebuah tank NICA bahkan berhasil dlumpuhkan.

Aku mengkhawatirkan Geertje. Sebaiknya wanita itu kujemput saja. Biarlah ia tinggal bersama kami sementara waktu. Semoga ia tidak menolak. Schurck sedang ke luar kota. Tak bisa meminjam motornya. Untunglah, meski agak mahal, pihak hotel bersedia menyewakan mobil berikut sopirnya.

"Di depan itu, Tuan?" suara Dullah membawa diriku kembali berada di dalam kabin Chevrolet yang panas ini.

"Betul. Tunggu sini," kataku, melompat ke luar dengan cemas. Di muka rumah Geertje, beberapa tentara NICA berdiri dalam posisi siaga. Sebagian hilir-mudik di halaman belakang. Beranda rumah rusak. Pintu depan roboh, penuh lubang peluru. Lantai dan tembok pecah, menghitam, bekas ledakan granat.

"Permisi, wartawan!" kataku sambil menerobos kerumunan, kuacungkan kartu pengenal. Mataku nyalang. Kumasuki setiap kamar dengan perasaan teraduk, seolah berharap melihat tubuh Geertje tergolek mandi darah di lantai. Tetapi tak kunjung kutemui pemandangan mengerikan semacam itu. Seorang tentara mendekat. Agaknya komandan mereka. Kusodorkan kartu pengenal.

"Apa yang terjadi, Sersan… Zwart?" tanyaku sambil melirik nama dada tentara itu. "Korban serangan tadi malam? Di mana penghuni rumah?"

"Kami yang menyerang. Penghuninya lari. Anda wartawan? Kebetulan sekali. Kita sebarkan berita ini, agar semua waspada," Sersan Zwart mengajak berjalan ke arah dapur. "Ini tempat para pemberontak berkumpul. Banyak bahan propaganda anti-NICA," lanjutnya.

"Maaf," aku menyela. "Setahuku rumah ini milik Nona Geertje, seorang warga Belanda."

"Anda kenal? Kami akan banyak bertanya nanti. Ada dugaan bahwa Nona Geertje alias 'Zamrud Khatulistiwa' alias 'Ibu Pertiwi', yaitu nama-nama yang sering kami tangkap dalam siaran radio gelap belakangan ini, telah berpindah haluan."

Geertje? Aku ternganga, siap protes. namun Sersan Zwart terlalu sibuk menarik pintu besar yang terletak di tanah, dekat gudang. Sebuah *bunker*. Luput dari perhatianku saat mengunjungi Geertje tempo hari. Kuikuti Sersan menuruni tangga.

Tak ada yang aneh. Warga Belanda yang sejahtera biasanya memiliki ruangan semacam ini. Tempat berlindung saat terjadi serangan udara di awal perang kemarin. Sebuah ruangan lembab, kira-kira empat meter persegi. Ada meja panjang, kursi, serta lemari usang berisi peralatan makan dan tumpukan kertas. Benar, kertas itu berisi propaganda anti-NICA.

Sersan Zwart membuka kain selubung sebuah obyek di balik lemari. Pemancar radio!

"Warisan Jepang," kata Sersan.

Aku membisu. Sulit mempercayai ini semua. Tetapi yang membuat tubuhku membeku sesungguhnya adalah pemandangan di dinding sebelah kiri. Pada dinding lapuk itu, tergantung satu set wastafel lengkap dengan cermin. Di atas permukaan cermin, tampak sederetan tulisan. Digores bergegas, menggunakan pemerah bibir: "Selamat tinggal Hindia Belanda. Selamat datang Repoeblik Indonesia".

Aku membayangkan Geertje dan lesung pipinya, duduk di tengah hamparan sawah, bernyanyi bersama orang-orang yang ia cintai: "Ini tanahku. Ini rumahku. Apa pun yang ada di ujung nasib, aku tetap tinggal di sini."

Sejak awal Geertje tahu di mana harus berpijak. Perlahan-lahan kuhapus kata "pengkhianat" yang tadi sempat hinggap di benak.

Stambul Dua Pedang

Pukul enam petang. Hujan belum sepenuhnya berhenti. Di sekeliling rumah, suara air dari teritisan yang terempas di atas hamparan kerikil seolah melengkapi pentas orkes senja hasil kerja sama serombongan katak, cengkerik, dan burung malam. Tetapi sungguh, sejauh ini tak ada kejernihan artikulasi setara suara tokek yang bertengger di salah satu dahan pohon jati di kebun depan. Satu tarikan panjang berupa ketukan, disusul empat ledakan pendek. Keras. Tegas. Dilantunkan beberapa kali dalam irama yang terjaga. Kurasa malam ini dialah sang penguasa panggung.

Ah, ya, panggung. Panggung itu.

Alangkah menyita pikiran belakangan ini. Tenda besar, papan dengan tulisan mencolok Opera Stamboel Tjahaja Boelan, kerumunan penonton, orkes Melayu yang fasih memainkan Walsa atau Polska Mazurka, lembar *libretto* berisi ringkasan cerita, dan akhirnya: pembacaan nama para anak wayang.

Namanya!

Aku di sana. Selalu di sana. Di baris terdepan. Sehingga bisa kutegaskan bahwa bukan hanya aku, melainkan seluruh penonton merasakan betapa setiap kali nama itu diperdengarkan, terlebih bila disusul kehadiran sang pemilik nama di atas panggung, akan menciptakan kekuatan besar yang memaksa kami membuka mulut, mendorong udara keluar dari tenggorokan, melafalkan namanya berulang kali.

Kulirik amplop cokelat yang sejak tadi berada dalam genggamanku. Isinya sudah kubaca lebih dari sekali. Ditulis dengan tinta bak pekat. Ada tekanan kuat di beberapa tempat. Nyaris membuat lubang pada permukaan kertas. Aku tahu, tentu dibutuhkan usaha keras dari si pemegang pena untuk menahan semburan amarah saat menuliskan nama itu. Nama yang muncul terlalu cepat di antara kami di rumah ini.

Agak tergesa, kututup jendela. Menjelang petang udara perkebunan teh Tanara di musim hujan selalu mengirim rasa dingin yang mengiris. Bahkan bagi penduduk yang sudah lama tinggal di sini, seperti aku. Tetapi bukan itu yang membuatku menggigil. Bukan itu.

"Nyai! Nyai!" Terdengar suara Mang Ihin, sais bendi langgananku, di antara rentetan ketukan. Kubuka pintu samping. Kusaksikan wajah tegang Mang Ihin. Baju dan kopiahnya basah.

"Berangkat sekarang?" Mang Ihin menarik lintingan klobot dari saku celana. Sorot matanya gelisah. "Bagaimana kalau Tuan…"

"Tak usah dibicarakan," kataku, mengangkat telunjuk ke depan bibir. "Bereskan barang-barang saya, lalu boleh bikin kopi dulu. Saya perlu ganti baju."

"Cepatlah, Nyai. Kita harus putar arah. Mustahil lewat Sukaluyu. Lumpurnya pasti sudah di atas mata kaki," gerutu Mang Ihin. "Apakah Uyan dan Siti sudah tahu? Apakah aman?"

Tak kujawab pertanyaan itu. Seharusnya Mang Ihin tahu, jongos dan babu di rumah ini ada di bawah kendaliku sepenuhnya.

Kuputar kunci pintu kamar. Kulucuti kebaya putih berenda berikut seluruh pakaianku, tapi tak segera beranjak mengenakan baju ganti. Justru kuraih lagi amplop cokelat itu. Kutatap kesekian kalinya dengan berlaksa perasaan.

Bulan lalu, di kabin rias pria, di belakang tobong yang gelap, aku juga duduk telanjang dengan amplop di tangan. Bedanya isi amplop itu bukan surat melainkan lembaran uang, dan ada sepasang tangan cokelat kokoh melingkar di bahuku.

Itu perjumpaan kami yang kelima. Seperti yang sudah-sudah, harus kusuap teman-temannya agar tidak melaporkan kedatanganku kepada Tuan Steenwijk, *sep* mereka.

"Terima kasih bingkisanmu untukku dan teman-teman. Sekarang ceritakan, bagaimana engkau menjadi seorang nyai," ujarnya. Bibir dengan lekuk tegas yang melahirkan suara penuh kharisma itu bergerak menyusuri tepian telingaku.

Wahai, suara itu. Suara yang beberapa minggu sebelumnya hanya kunikmati dari bawah panggung, saat si pemilik bibir menyanyikan mantra sihir Jin Tomang atau berseru menantang musuh beradu anggar sebagai Pangeran Monte Cristo. Suara yang telah membuat banyak wanita mabuk kepayang.

Lucunya, belum lama tadi, bukan suara gagah macam itu yang kudengar, melainkan sebuah lenguhan panjang mirip sapi yang disembelih, saat kami berdua memasuki ujung penjelajahan ragawi.

"Ceritakan," ia mengulang kalimat. Nadanya setengah memaksa.

"Untuk apa?" Kutatap wajah lelaki itu lewat cermin. Cahaya sepasang lilin di atas meja rias membuat garis wajahnya berubah-ubah. Menambah kesan misterius. Seperti peran-peran yang ia bawakan selama ini.

"Aku suka mendengarkan perempuan bercerita. Apalagi dari jenismu." Kembali suara itu mengalun. Kali ini disertai asap rokok, meliuk-liuk di udara serupa naga siluman.

"Jenisku? Raden Adang Kartawiria, jaga mulutmu," kataku, dengan kepalan tangan kusentuh lembut sisi kanan bibirnya. Ia menangkap, lalu mengecup satu-persatu ujung jemariku.

"Aku tak bergurau. Kehidupan seorang nyai adalah naskah panggung yang paling banyak menghasilkan uang. Lihat saja rombongan

Dardanella dan Riboet Orion. Selalu padat penonton setiap membawakan lakon 'Nyai Dasima'. Tuan Steenwijk juga tahu. Apa mau dikata, agaknya *sep*-ku ini hidup di masa lampau."

"Jangan tergesa beralih ke tonil. Aku masih suka melihatmu menjadi pendekar anggar," kataku, merebut rokok dari bibirnya, kuisap beberapa kali. "Apakah kau sungguh-sungguh bisa bersilang anggar?"

Adang menyeringai. "Waktu masih menjadi wartawan *Berita Panggoeng*, aku sering diajak berlatih oleh Monsieur Thibaut, kepala redaksiku. Ia punya ruang anggar di rumahnya, dekat Harmonie."

"Menurutku, kau lebih pandai bermain anggar dibandingkan Astaman atau Tan Tjeng Bok."

"Terima kasih," Adang membungkukkan badan seperti seorang bangsawan Inggris. "Sayangnya, komedi stambul tak punya masa depan. Orang sudah jenuh dengan jumlah babak yang kelewat banyak dan peran ksatria palsu semacam itu. Setelah lama dibuai mimpi, akhirnya mereka ingin melihat diri mereka sendiri. Menonton kehidupan yang sesungguhnya. Aku sedang mempertimbangkan bergabung dengan salah satu kelompok tonil, menguji bakat aktingku menjadi tokoh biasa. Dokter, pedagang, bahkan mungkin tukang sado. Pemimpin tonilnya sudah tiga kali mengirim orang, membujukku habis-habisan. Kukatakan pada mereka agar memberi sedikit tempo."

"Tuan Steenwijk tidak akan suka rencanamu."

"Kalau begitu, dia punya dua pilihan: Mengubah opera stambul ini menjadi tonil, atau menahanku di sini dengan kenaikan gaji sepadan," Adang memicingkan sebelah matanya.

"Tapi sesungguhnya aku tak hendak berlama-lama menjadi anak wayang. Aku ingin menekuni penulisan naskah. Menulis kisah nyai yang lebih hebat dari 'Nyai Dasima'. Tentu tidak akan terjadi dalam waktu dekat. Apalagi saat ini kami sedang sibuk mempersiapkan opera Pranacitra-Rara Mendut."

"Oh, itu kisah yang bagus. Aku harus menonton. Apakah akan dipentaskan di Tanara juga?"

"Kami tak pernah tinggal di satu tempat lebih dari sebulan. Kemungkinan besar akan dimainkan di depan Hotel Belleuve, Buitenzorg. Dua belas babak, delapan lagu. Kalau penonton masih berminat, akan kami pentaskan juga Jin Tomang atau Pangeran Monte Cristo di sana. Setelah itu, kami harus mempersiapkan diri baik-baik, agar bisa ikut Pasar Malam Gambir bulan Agustus tahun depan. Doakan semoga saat itu aku naik panggung bukan dalam kostum jin atau *musketeer*."

"Aku belum mengerti. Apa bagusnya kisah nyai untuk orang-orang itu?" tanyaku.

Adang mendorong kedua bahunya ke atas. "Mungkin mereka ingin tahu, seperti apa wanita Melayu yang menjadi mulia setelah tinggal serumah dengan lelaki lain bangsa. Si cantik dalam sangkar emas. Seperti kataku tadi, dahulu penonton gemar dongeng khayalan, kini mereka suka dongeng nyata. Lagipula tidak semua kisah nyai berakhir sedih seperti Dasima, bukan?"

"Cukup, Adang. Sekarang dengar, dan pastikan kau memahami ini, sebab aku takkan mengulang lagi." Kali ini tak kututupi rasa kesalku. "Aku-bukan-perempuan-sembarangan. Ayahku tidak kaya, tapi dia juru tulis perkebunan. Mengerti? Di luar itu, terutama yang menyangkut diriku saat ini, semata soal nasib. Apakah wanita bisa mengelak dari nasib yang dipilihkan lingkungan untuknya?"

"Gelar Raden di depan namaku juga asli, tetapi keluarga memutus hubungan setelah tahu aku bergabung dengan kelompok stambul ini," kata Adang, tersenyum sinis. "Dan bicara nasib, Sarni, kurasa kau benar. Di luar garis darah itu, kita berdua sesungguhnya sama. Sundal, dan orang melarat yang karena baju dan peran panggung, lalu dipandang terhormat."

"Bedebah!" Kulecutkan telapak tangan ke pipi kiri Adang, dan sudah kususun serangan berikutnya dengan tangan yang lain. Tetapi lelaki itu justru menarik tubuhku. Kemudian, bersamaan dengan gerak mengayun ke bawah yang indah, sebuah pagutan bergelora hinggap di bibir. Aku tidak melawan, bahkan bibir kami baru terurai saat ia berbisik perlahan: "Akuilah, kau memang sundal. Berkhianat pada suami saat ia sedang tugas luar. Bercinta dengan pemain stambul. Tapi aku tak peduli. Aku tergila-gila padamu sejak kau nekat naik ke panggung pada hari kedua belas, melemparkan bungkusan berisi bros emas kepadaku."

"Apakah kau mencintai hatiku, tubuhku, atau bros emas itu?" tanyaku.

Adang menjawab dengan belaian, ciuman, dan entakan tubuh yang memabukkan, membuat kami kembali melayari lautan luas, menyusuri lekuk-teluk dan semenanjung yang ganjil. Berangkat. Berlabuh. Berulangkali. Hingga segalanya usai dalam satu tarikan napas panjang.

Sambil menanti peluh mengering, di atas kasur keras dengan seprai bermotif daun zaitun yang sulit disebut bersih itu, kami menatap langit-langit kamar yang terbuat dari jalinan rumbia. Pada bibir kami masing-masing terselip sebatang rokok.

Kamar rias itu merupakan sebuah bangunan darurat. Bilik bambu empat sisi, tak lebih luas dari 3x4 meter, yang dijejali barang-barang keperluan pentas. Sebagai sripanggung, Adang memiliki hak untuk tidur di losmen kecil di Gadok, tak jauh dari lokasi tobong ini. Tetapi ia tahu, menjumpaiku di kamar ini akan membuat hidupnya jauh lebih aman.

"Suatu pagi, aku sedang membantu Ibu menjemur kain di depan rumah ketika rombongan besar itu lewat," kataku menggumam, seolah bercakap dengan diriku sendiri. "Anjing-anjing pemburu, sekelompok pria dengan parang, tombak, gerobak, beberapa ekor celeng mati, serta seekor kuda hitam besar dengan tuan Belanda berbaju putih-putih di atas punggungnya. Tuan itu memasukkan senapan ke sarung kulit di sisi pelana, menatapku cukup lama sebelum turun dari kudanya. Kulihat Ayah tergopoh keluar, bicara dengan si Tuan. Namaku disebut beberapa kali."

"Lalu Ayah mengajak tamunya masuk rumah. Kegemparan segera terjadi. Ibu menjerang air, menyiapkan peralatan minum, membentakku agar berpakaian lebih rapi, dan memintaku menyuguhkan kopi berikut kudapan ke ruang tamu. Tuan itu menanyakan umurku, serta menjelaskan dalam bahasa Melayu yang fasih bahwa ia adalah deputi administratur perkebunan Tanara, atasan Ayah."

Adang menyimak ceritaku, nyaris tak berkedip.

"Sebulan kemudian, aku resmi menjadi Nyonya Cornelia van Rijk, berpisah rumah dengan orang tuaku. Ibuku sedih, tetapi Ayah kelihatan menikmati kedudukan barunya. Naik jabatan, dari juru timbang menjadi juru tulis. Sewaktu aku hendak diboyong ke rumah dinas perkebunan, Ayah datang menengok. Tetapi aku menolak bicara dengannya. Sampai kini Ayah juga tetap tidak mau menjelaskan, bagaimana Adelaar, suamiku itu, bisa sangat kebetulan lewat depan rumah kami sepulang berburu. Tidak lewat Pulosari yang sesungguhnya lebih dekat ke jalan raya."

Hening.

"Menjadi Nyonya van Rijk di usia empat belas tahun bukan perkara mudah," kataku, melanjutkan. "Banyak perbedaan cara hidup yang sulit kuseberangi, bahkan sampai sekarang. Adelaar sangat keras, tapi bukan jenis Belanda sontoloyo. Kegemarannya membaca serta menonton acara panggung menular cepat kepadaku. Kami sudah menyaksikan pertunjukan dari seluruh kelompok opera stambul di Hindia. Dia pula yang membawaku ke sini, menonton pertunjukan perdana kalian tempo hari."

"Ya, dan malam ini aku bercinta dengan istrinya," kata Adang, menyeringai.

"Aku memang bukan istri yang baik."

"Sarni," suara Adang mendadak berubah. "Sampai kemarin, kau bisa mengelabui dirimu menjadi Nyonya van Rijk. Tetapi malam ini, kau adalah bagian tubuhku, bagian jiwaku. Bagian dari tanah air ini. Lihat warna kulitmu. Lihat caramu bertutur. Orang Belandakah engkau? Bukan kemewahan yang akan kuantar kepadamu, melainkan sumber kekuatan dari semua impian, yaitu cinta. Tuhan telah menuntun kita bertemu dan saling memiliki. Menikahlah denganku."

Oh, semua kalimat itu sungguh picisan. Barangkali sering pula diucapkan oleh Adang dalam beberapa lakon panggung. Tapi entah mengapa, malam itu aku berurai air mata mendengarnya.

Itu terjadi bulan lalu. Aku ingat, tiba di rumah sekitar pukul sebelas malam. Tak bisa memicingkan mata. Suamiku, tentu saja, masih bertugas di Malang. Ah, seorang suamikah dia? Orang kulit putih, dengan suara dan bau tubuh yang asing. Tujuh tahun kami satu atap tanpa keturunan. Sejak malam pertama, Adelaar tak bisa menunaikan tugasnya sebagai lelaki. Kuanggap itu sebuah berkah, karena hidup sebagai nyai seperti berjudi. Tak ada yang pasti. Tak ada yang abadi. Sering kudengar nasib malang para nyai, harus angkat kaki dari rumah bersama anak-anak mereka setelah sang suami menikah dengan wanita Eropa. Sering kali mereka turun pangkat menjadi *moentji* di tangsi-tangsi tentara. Itu tidak terlalu buruk. Setidaknya ada yang menjamin hidup mereka. Sungguh mati, aku tak ingin hidupku berakhir seperti itu. Sayangnya doaku tak terkabul. Kemarin sore, datanglah surat dalam amplop cokelat ini. Meski teramat sulit, pilihan harus kutentukan.

"Nyai! Nyai!" Terdengar lagi suara cemas Mang Ihin.

Lekas aku berpakaian. Saat membuka pintu kamar, kulihat Uyan dan Siti bersimpuh menungguku di lantai ruang makan. Gurat kecemasan terpahat di dahi dan bibir mereka. Aku mendekat.

"Silakan pilih, tetap di sini dan dipecat oleh Tuan, atau secepatnya pergi ke rumah sepupuku di Banjarsasi?" tanyaku. "Apa pun pilihannya, kalian tetap tanggung jawabku. Segera kukabari alamat baruku. Tentu saja Tuan tidak boleh tahu. Setidaknya untuk sekarang ini. Pahamilah. Keadaan tidak lagi sama. Tapi jangan takut. Ini semata kesalahanku. Untuk itu aku minta maaf sebesar-besarnya."

Ternyata keduanya memilih tetap tinggal di rumah ini. Apa boleh buat. Kuselipkan beberapa benggol ke tangan mereka. Lalu kuayun langkah gegas menuju bendi. Tampak semua koporku sudah tersusun rapi.

"Bukan ke tempat opera, Mang. Ke penginapan di Gadok. Nanti saya tunjukkan tempatnya," kataku. Mang Ihin menjawab dengan anggukan kepala. Sekilas kutangkap air muka tak senang di wajahnya, tetapi hal itu tidak membuatnya menunda lecutan tali kekang. Perlahan roda bendi berputar menembus gerimis dan kolam lumpur.

Masih dua hari lagi suamiku datang, namun isi suratnya telah lebih dahulu menyiksa gendang telinga dan jantungku. Menghunjam berkali-kali, seperti palu penempa senjata yang diayunkan oleh Dewa Vulcan dalam sebuah opera yang dahulu kutonton bersamanya:

Sarni istriku,

Tentu kau tahu, tak banyak orang Belanda memanggil pasangan pribuminya dengan sebutan 'istri'. Kupanggil kau 'istri' karena sejak awal aku mencari istri. Seorang wanita yang bisa menjadi tempat berbagi, di meja makan, di tempat tidur, dan di tempat-tempat di mana dukungan dan pertimbangannya kuperlukan. Kuabaikan pandangan menghakimi daripara sejawatku. Aku tahu pilihanku. Dan di antara banyak alasan lain yang lebih serius, aku mencintaimu karena engkau menyukai buku dan opera. Pemahamanmu mengenai dunia panggung jauh melebihi nyonya-nyonya kulit putih itu. Sungguh, aku merasa tidak ada yang keliru denganmu. Sampai datang surat dari seorang sahabat, pemilik rombongan stambul, yang merasa tidak nyaman karena seorang anak wayangnya, bintang wayang itu, Adang Kartawiria itu, beberapa kali terlihat pergi bersama seorang nyai. Sahabatku tidak menyebut nama, tetapi di seantero perkebunan, adakah nyai lain yang gemar menonton stambul?

Aku akan tiba Kamis sore. Kuharap kita bisa segera menuntaskan urusan rumah tangga ini dalam waktu semalam, karena keesokan harinya, saat fajar, aku harus pergi ke tanah lapang di dekat Gadok. Beberapa waktu lalu, setelah menerima berita itu, kulayangkan surat kepada Tuan Adang Kartawiria, berisi permintaan pengembalian kehormatan. Kautahu? Sebuah tantangan duel. Aku berada di pihak yang meminta, maka ia berhak memilih tempat dan senjatanya. Aku gembira bahwa kekasihmu seorang lelaki bernyali. Ia menerima tantanganku, dan tampaknya ingin terlihat seperti bangsawan dalam peran-peran stambul yang sering ia bawakan. Ia memilih anggar dibandingkan pistol. Mungkin ia bermaksud menjadikan peristiwa ini sebagai judul operanya bila selamat. Kupikir bagus juga, 'Stambul Dua Pedang'. Engkau boleh menontonnya jika mau.

Bicara soal hidup atau mati, jangan khawatir, akan ada notaris, saksi, serta petugas medis yang menentukan apakah salah satu dari kami masih bernyawa atau tidak. Dokumen dan surat wasiat juga sudah diurus. Pendek kata, siapa mengetuk pintu rumahmu siang harinya, tentulah yang paling berhak menjadi suamimu.

Malang, 7 November 1927

Suamimu,

Matthijs Adelaar van Rijk

Angin malam bercampur titik hujan menerpa tubuh, membasahi kebaya hingga ke pangkal lengan dan sebagian dadaku. Memicu gigil yang bersumber dari rasa dingin sekaligus takut yang teramat sangat. Tak guna menebak siapa anggota opera yang berkhianat walau telah menelan uang suapku. Yang jelas, Adelaar adalah juara pertama lomba anggar di klubnya tahun lalu. Adang tak akan sanggup menahan satu peluang *passado*[*] darinya.

Teringat kembali opera klasik 'Pranacitra-Rara Mendut', yang akan dipentaskan oleh Adang dan teman-temannya di Pasar Gambir. Apakah kami akan bernasib sama seperti kedua tokoh dongeng itu? Semoga pahlawan stambul itu tidak keras kepala, dan bersedia pergi bersamaku.

Entah ke mana.

---

[*] *Passado*: Serangan menusuk dalam pertandingan anggar

Semua untuk Hindia

Om Swastyastu.

Tuan de Wit yang baik, telah saya terima tiga pucuk surat Tuan. Beribu maaf tak lekas membalas. Saat ini sulit ke luar Puri. Terlebih bagi remaja putri seperti saya. Bujang yang biasa mengantar surat ke kantor pos juga tak ada lagi. Ia telah mendaftar menjadi pasukan cadangan. Akan saya cari cara agar surat ini tiba selamat ke tangan Tuan, walau mungkin makan waktu lama.

Tuan de Wit yang baik, sejak kapal-kapal Belanda ada di pantai kami, hari berputar lambat. Kaki ibarat berpijak di atas tungku. Dan lidah para lelaki tak lagi manis. Ujung pembicaraan mereka selalu 'perang'. seolah segalanya akan selesai dengan perang.

Kemarin Raja minta akhir minggu ini anak-anak dan wanita mengungsi. Bagi kami, ini adalah penegasan bahwa titik temu antara Raja dan Belanda semakin jauh. Tapi perlukah senapan bicara?

Tuan de Wit yang baik, saya tak takut kehilangan jiwa. Memiliki atau kehilangan jiwa kuasa Hyang Widhi semata. Saya hanya sulit membayangkan keadaan seusai perang, terlebih bila kami di pihak yang kalah. Adakah kehidupan bila kemerdekaan terampas?

Jika Tuan berniat datang lagi ke Puri, seperti yang Tuan kabarkan dalam surat terakhir, bantulah doakan agar perang ini dibatalkan sehingga kita bisa berbincang lagi tentang Nyama Bajang dan Kandapat. Atau mendengarkan ibuku mendongeng petualangan Hanuman si kera sakti.

Om Santi, Santi, Santi, Om

Tabik,

Adik kecilmu,

Anak Agung Istri Suandani

Kumasukkan surat itu ke tempatnya semula: Sejengkal bambu kecil yang diserut halus. Kubayangkan, pastilah berliku perjalanan benda ini sebelum akhirnya mendarat di atas nampan sarapanku, di penginapan Toendjoengan Surabaya bulan lalu.

Pengantar nampan, seorang pemuda Bali, mengaku tak tahu asal-usul bambu tersebut, dan segera mengunci mulutnya. Ditolaknya pula lima sen yang kujejalkan ke dalam genggaman tangannya.

Anak Agung Istri Suandani, adik kecilku. Sebetulnya tak ada rahasia di dalam surat itu, bukan? Hanya dirimu, yang hadir dalam bentuk tulisan, serta lapis demi lapis kenangan yang kembali terbuka seiring tuntasnya setiap patah kata yang kubaca. Tapi barangkali memang bisa membawa bencana apabila jatuh ke tangan orang Bali atau Belanda yang curiga terhadap kemungkinan pengkhianatan dari kedua belah pihak, sebab surat itu dikirim dari Puri Kesiman, namun ditulis dalam bahasa Belanda yang nyaris sempurna oleh seorang putri keraton. Olehmu.

Adik kecilku. Lima belas tahun usiamu saat kutemui bersama ibu dan kakakmu, jauh sebelum peristiwa terdamparnya kapal Sri Koemala di Pantai Sanur yang memicu ketegangan besar ini. Kujadikan keluargamu narasumber tulisanku tentang tradisi Mesatiya, yang memperbolehkan para janda raja melemparkan diri ke dalam kobaran api saat upacara pembakaran jenazah suami mereka sebagai tanda setia.

Tradisi kuno ini, ditambah tuduhan bahwa Raja Badung menolak denda serta melindungi pelaku perampokan kapal lantas dibesar-besarkan menjadi isu pembangkangan terhadap Pemerintah Hindia yang harus dijinakkan dengan aksi militer. Entah bagaimana sikap dunia. Semoga mereka yang cerdas segera melihat ketidakberesan besar ini.

"Dari mana belajar bahasa Belanda begini baik?" kulontarkan pertanyaan itu kepadamu suatu sore.

"Dari Tuan Lange, dan dari koranmu," katamu, tersenyum manis. *"De Locomotief. Mijn beste nieuwsblad."*

Aku tertawa. Tuan Lange adalah pedagang Belanda yang kerap ke Puri. Fasih berbahasa Bali. Aku belum penah bertemu, namun mendengar betapa takzim orang Bali menyebut namanya, kusimpulkan ia berada satu biduk denganku: biduk para penentang arus yang berusaha mengembalikan harta dan martabat bumiputera yang telah kami hisap tanpa malu selama tiga ratus tahun.

Adik Kecil. dua bulan di Puri membuatku jatuh cinta pada semua hidangan yang kaumasak.

Dan melihatmu berlatih menari, menyatukan diri dengan alam, adalah anugerah yang tak putus kusyukuri hingga kini. Membuatku kembali tersudut dalam tanda tanya besar: benarkah kehadiran kami di sini, atas nama pembawa peradaban modern, diperlukan?

Lamunanku terpotong dengking peluit tanda ganti jaga malam. Kulayangkan pandangan ke sekeliling Puri Kesiman, tempat kami membuat bivak petang ini. Tak ada lagi kobaran api maupun letusan bedil. Sore tadi, setelah tiga jam bentrok dengan laskar Badung di sekitar Tukad Ayung, istana ini berhasil kami duduki.

Adik Kecil, aku teringat Pedanda Wayan, ayahmu, yang sabar menjelaskan bahwa Kerajaan Badung mungkin satu-satunya kerajaan di dunia yang diperintah oleh tiga raja yang tinggal di tiga puri terpisah, Puri Pamecutan, Puri Denpasar, dan Puri Kesiman, rumahmu yang ramah. Sedemikian ramah, membuatku nyaris tak percaya mendengar kabar bahwa Gusti Ngurah Kesiman kemarin malam dibunuh seorang bangsawan yang tak setuju sikapnya menentang Belanda. Kukira engkau benar.

Tak ada hal baik dari perang. Perang merusak segalanya. Termasuk kesetiaan dan kasih sayang.

Engkau memintaku berdoa agar perang dibatalkan? Wahai Adik Kecil, telah berabad kami terjangkit penyakit gila kebesaran. Kurasa Tuhan pun enggan mendengar doa kami. Sudah lama pula kami tak bisa menghormati kedaulatan orang lain. Saat menerobos Puri bersama pasukan siang tadi, anggota tubuhku seolah ikut berguguran setiapkali para prajurit menemukan sasaran perusakan: payung-payung taman, tempat kita pernah duduk berbincang, penyekat ruang, guci-guci suci. Percuma berteriak melarang. Penjarahan dilakukan bukan oleh tentara pribumi saja, para perwira Eropa pun terlibat.

Ya, tadi siang aku ikut mendobrak Puri. Bukan dengan kegembiraan seorang penakluk, melainkan kecemasan seorang sahabat. Harus kupastikan, tak ada prajurit yang berani meletakkan jari di atas tubuhmu. Entah, bagaimana sebenarnya suasana hatiku sewaktu mengetahui bahwa Puri telah kosong. Kecewa karena tak melihatmu, ataukah gembira, karena memberiku harapan bahwa di suatu tempat di luar sana, engkau berkumpul bersama keluargamu dalam keadaan selamat?

Ah, mengapa militer selalu kuanggap tak bermoral? Mereka hal terbaik yang dimiliki Hindia Belanda. Beberapa di antara mereka bahkan baru saja menunaikan tugas di Tapanuli atau Bone. Belum sempat bertemu anak-istri. Jangan pertanyakan kesetiaan mereka. Pertanyakan yang memberi perintah gila ini.

Kucermati lagi catatan wawancara dengan Mayor Jenderal Rost van Tonningen, Panglima Komando Ekspedisi, sehari sebelum berangkat ke Bali: Seluruh armada tempur terdiri atas 92 perwira dan bintara, 2312 prajurit gabungan Eropa-Bumiputera, 741 tenaga nonmiliter, enam kapal perang besar dari eskader Angkatan Laut Hindia Belanda, enam kapal angkut, satu kapal logistik, satu detasemen marinir, empat meriam kaliber 3,7 cm, empat *howitzer* kaliber 12 cm. Belum lagi kuda-kuda Arab untuk para perwira, puluhan tenaga kesehatan, radio, serta beberapa oditur militer.

"Tentu kau sedang berpikir takjub, buat apa kekuatan sebesar itu didatangkan ke sini, bukan?"

terdengar suara serak, mengiringi semak yang tersibak. Aku menoleh. Seorang pria berjenggot lebat dengan kamera Kodak tua di lehernya berdiri melempar senyum. Wajahnya lepas, tanpa tekanan, seolah ia lahir dan besar di atas tanah yang dipijaknya itu. Di dadanya tersemat tanda pengenal wartawan, sementara sebuah ransel raksasa berisi plat emulsi dalam jumlah besar tergantung di punggung, membuat tubuhnya doyong ke depan. Kedua tangannya repot mengangkat tas kulit berisi tripod dan kain terpal, tapi diulurkannya juga yang kanan kepadaku.

"Baart Rommeltje. Dokumentasi Negara." Ia tak berusaha sedikit pun mengubah air mukanya agar tampak lebih berwibawa. Pastilah ia seorang pegawai pemerintah yang bandel.

"Engkau punya tenda sendiri," sambungnya. "Boleh menumpang tidur? Para prajurit main kartu dekat tenda logistik. Gaduh! Padahal aku punya jatah ruangan luas di situ."

"Tidurlah di sini. Aku Bastiaan de Wit. *De Locomotief*," kataku, menyentuh kamera di dadanya. "Cartridge No. 4? Belum mau lepas dari fosil ini?"

"Lalu beralih ke Brownies bersama para amatir?" sergahnya. "Pasti kau luput membaca namaku di daftar penerima penghargaan nasional tahun lalu," katanya, menyeringai. "Aku butuh satu lagi yang seperti ini lagi. Cadangan. Untuk ketajaman gambar, plat emulsi masih unggul dibandingkan film gulungan. Sayang, dana pemerintah terkuras melulu untuk perang. Aceh, Tapanuli, Bone. Sekarang Bali."

"Semua Gubernur Jenderal Hindia gila perang," kataku, membantu Baart menurunkan ransel. "Terutama Van Heutz. Kemenangan di Aceh mendorongnya menjadi fasis tulen."

"Bicaramu sudah seperti Pieter Brooshooft[*]," kata Baart tergelak sambil mengamati prajurit jaga malam. "Kurasa Raja Denpasar takkan menyerang malam ini. Ia bukan petarung."

"Memang," aku mengangguk. "Ia negarawan dengan harga diri yang kelewat tinggi, sehingga

---

[*] Pieter Brooshooft (1845-1921) wartawan, pemimpin redaksi *De Locomotief* dan tokoh Politik Etis bersama Conrad van Deventer

mudah dipancing dengan hal-hal berbau kehormatan tradisi, seperti pelarangan Mesatiya atau ganti rugi kapal ini."

"Hola, mendadak kita terseret memperbincangkan isu terpanas bulan ini," ujar Baart terbatuk. "Jadi kau juga tak percaya kapal itu dijarah?"

"Ini kelicikan kecil yang ditunggangi pemerintah untuk meloloskan sebuah rencana raksasa," kataku, menyorongkan secangkir kopi. Baart menggeleng.

"Apa yang baru? Semua orang liberal akan berpikir demikian, sementara yang propemerintah berpikir sebaliknya," gumamnya.

"Begini," kataku, menghela napas. "Kwee Tek Tjiang, si pemilik kapal, melapor kepada Residen bahwa peti berisi uang sebesar 7500 gulden di dalam kapal dirampok penduduk, sementara muatan lain, yaitu terasi dan minyak tanah berhasil diamankan ke tepi pantai." Kusulut rokok kedua. "Andai punya harta sebesar itu dalam sebuah kapal yang beranjak karam, bukankah sebaiknya kauselamatkan lebih dahulu uang itu sebelum berpikir mengenai terasi atau minyak yang harganya tak seberapa? Aku yakin cita-cita pemilik kapal pada awalnya pastilah sederhana saja: memperoleh ganti rugi besar dari Raja."

"Di mana persinggungan kejadian ini dengan Pemerintah Hindia?" potong Baart.

"Pax Neerlandica," kataku, mendengus. "Semua untuk Hindia Raya. Mimpi erotis Van Heutz. Bajingan itu sadar, perjanjian antara Hindia dan para raja Bali tahun 1849, membuat pulau ini menjadi satu-satunya wilayah di Hindia yang masih memiliki beberapa kerajaan berdaulat, tidak tunduk pada administrasi Hindia. Kurasa jauh sebelum menjadi Gubernur Jenderal, Van Heutz telah merencanakan mencari gara-gara dengan Bali. Maka ia menyambut gembira peristiwa kapal karam ini karena memiliki peluang lebih besar dalam memancing kemarahan penguasa Bali dibandingkan rekayasa politik ciptaannya terdahulu, yaitu pelarangan upacara Mesatiya."

"Pemberitaan sepihak membuat ekspedisi ini mendapat restu dunia. Sebaliknya, penolakan Raja membayar denda kepada pemilik kapal, yang kebetulan warga Hindia, dianggap pembangkangan terhadap Gubermen yang telah bertekad menyelesaikan lewat jalur hukum." Baart mengangguk.

"Sebuah peradaban tinggi akan musnah," kataku. Kuceritakan kepada Baart betapa aku sangat mengkhawatirkan Bali. Mengkhawatirkan sahabat kecilku. Kami bicara sampai kantuk menyergap. Begitu masuk tenda, Baart langsung pulas, sementara di mataku hadir sosok Anak Agung Istri Suandani. Lengkap dengan senyum manisnya. Gigi putih yang dikikir rapi. Sepasang bola mata yang bergerak cepat mengikuti kalimat-kalimat cerdas dari bibirnya.

Pernah ia menari, khusus untukku. Ah, tak ingat nama tariannya. Hampir seluruh anggota badan tampil mewakili suatu suasana hati. Jongkok, berdiri, menelengkan kepala, berputar. Rambut panjangnya, kali itu tak diikat, sehingga terbawa putaran tubuhnya. Berputar. Berputar. Masuk dalam sebuah pusaran hitam! Tidak, jangan ke sana! Pusaran itu menelan semua benda di jagat raya. Kuulurkan tanganku. Terlambat. Hanya jeritannya yang kudengar.

Tuan de Wit, tolong!

Aku melonjak. Tubuhku menggigil. Kulirik arloji. Pukul lima. Melalui pintu tenda yang terkuak, kulihat Baart melambaikan tangan di depan api unggun. Tercium wangi daging panggang dan kopi. Membuat usus perutku merintih.

"Teriakanmu tadi tak mungkin berasal dari mimpi indah, bukan?" Ia mengangsurkan segelas kopi panas. "Berkemaslah. Pasukan berangkat pukul tujuh."

"Kau antek pemerintah, dekat dengan intel," kataku, menarik sebatang rokok. "Batalyon mana yang akan bertemu balatentara Raja hari ini?"

"Antek pemerintah?" Baart terpingkal. "Tolol, keterangan macam itu mudah sekali kauperoleh dari Komandan Batalyon. Tapi baiklah. Seperti kemarin, Batalyon 11 menjadi sayap kanan. Batalyon 18 sayap kiri. Batalyon 20 di tengah, bersama artileri dan zeni. Raja tidak akan menyerang. Mereka menunggu. Diperkirakan pasukan akan berhadapan dengan balatentara Raja di sekitar Tangguntiti atau satu desa sesudahnya. Kalau mau bertemu gadismu, sebaiknya ikut Batalyon 18 lewat desa Kayumas. Sebuah sumber mengatakan rombongan pengungsi berkumpul di sekitar desa itu."

Aku mengangguk. Pukul tujuh aku telah membaur di antara pasukan, menyusuri jalan setapak dan lorong-lorong desa. Pada saat yang sama, meriam di kapal-kapal perang maupun di markas besar kami di Pabean Sanur kembali memuntahkan pelurunya ke arah Puri Denpasar dan Pamecutan. Lebih dari lima puluh kali desingan keras melintas di atas kepala kami. Kuperkirakan, sepertiga dari peluru itu pastilah mengenai sasaran. Semoga keluarga keraton benar-benar mematuhi perintah Raja untuk pergi jauh dari neraka ini.

Kami terus maju. Sekelompok laskar Badung yang melulu berbekal keberanian mencoba menghadang di tepi barat Desa Sumerta. Syukurlah mereka bisa dihalau tanpa banyak korban jiwa. Pukul delapan, persis seperti keterangan Baart, pasukan kami dipecah tiga. Aku ikut Batalyon 18 belok ke kiri menuju Desa Kayumas, sementara Baart dan beberapa wartawan lain ikut Batalyon 11 ke kanan, menuju batas timur Denpasar.

Dua jam kemudian, kami tiba di sebuah dataran yang membebaskan pandangan sejauh 400 meter ke arah kanan. Dapat kami saksikan samar-samar di ujung kanan Batalyon 11 dengan seragam biru mereka berbaris mengular

Sekonyong-konyong dari arah berlawanan muncul iringan panjang. Tampaknya bukan tentara, melainkan rombongan pawai atau sejenis itu. Seluruhnya berpakaian putih dengan aneka hiasan berkilauan. Tak ada usaha memperlambat langkah, bahkan ketika jarak sudah demikian dekat, mereka berlari seolah ingin memeluk setiap anggota Batalyon 11 dengan hangat. Segera terdengar letupan senapan, silih berganti dengan aba-aba dan teriak kesakitan.

"Awas, tunggu tanda!" Komandan Batalyonku mengamati dengan teropongnya. Jantungku bertalu kencang. Tiba-tiba beredarlah kabar mengejutkan dari mata-mata kami: rombongan itu adalah seluruh isi Puri Denpasar. Mulai Raja, Pedanda, Punggawa, serta bangsawan-bangsawan lain, beserta anak istri mereka.

Seisi puri? Bagaimana dengan pengungsi? Kucari mata-mata tadi. Menurutnya, tak ada desa pengungsi di sepanjang jalur yang akan kami lalui. Otot perutku langsung mengencang. Anak Agung

Istri Suandani, gadis kecilku. Ia pasti ada dalam barisan itu!

Aku melompat ke punggung kuda milik seorang perwira yang sedang dituntun pawangnya. Binatang itu meradang, namun berhasil kupacu ke medan perang. Sempat kudengar teriakan Komandan Batalyon, disusul satu-dua tembakan ke arahku. Tapi serangan itu tak berlanjut. Justru kini kulihat seluruh Batalyon 18 perlahan-lahan bergerak ke kanan mengikutiku.

Setiba di sisi Batalyon 11, kutahan tali kekang. Nyaris aku terkulai menyaksikan pemandangan ngeri di mukaku: Puluhan pria, wanita, anak-anak, bahkan bayi dalam gendongan ibunya, dengan pakaian termewah yang pernah kulihat, terus merangsek ke arah Batalyon 11 yang dengan gugup menembakkan Mauser mereka sesuai aba-aba Komandan Batalyon.

Rombongan indah ini tampaknya memang menghendaki kematian. Setiap kali satu deret manusia tumbang tersapu peluru, segera terbentuk lapisan lain di belakang mereka, meneruskan maju menyambut maut. Seorang lelaki tua, mungkin seorang pendeta, merapal doa sambil melompat ke kiri-kanan menusukkan kerisnya ke tubuh rekan-rekannya yang sekarat, memastikan agar nyawa mereka benar-benar lepas dari raga. Setelah itu ia membenamkan keris ke tubuhnya sendiri. Kurasa ini malapetaka terburuk dalam hidup semua orang yang ada di sini.

Setengah jam kemudian, semua sunyi. Kabut mesiu menipis. Aku kembali teringat satu nama, lalu seperti kesetanan lari ke arah tumpukan mayat. Memilah-milah, mencocokkan puluhan daging dengan sebentuk paras yang tersangkut dalam ingatanku. Tak satu pun kukenali. Semua remuk.

Di ujung putus asa, aku tersentak. Di sana, dari tumpukan sebelah kanan, perlahan-lahan muncul suatu sosok. Seorang wanita muda. Merah kental darah dari kepala sampai perut. Buah dadanya yang rusak tersembul dari sisa pakaian di tubuhnya. Ia menatap sebentar dengan bola mata yang tak lagi utuh, lalu melempar sesuatu ke arahku. Tepat ketika tangan kananku bergerak menangkap, terdengar letusan keras. Seperti air mancur, darah menyembur dari sisa kepala wanita itu. Aku menoleh. Seorang tentara pribumi menurunkan bedilnya. Kutatap benda yang tersangkut di antara jemariku, dan mendadak aku jadi kehilangan kendali. Kuhantam tentara tadi sampai jatuh, kutindih dadanya dengan lutut, lalu kulepaskan tinju ke wajahnya berkali-kali.

"Uang kepeng! Ia melemparku dengan uang kepeng, dan kau tembak kepalanya! Pembunuh!"[*]
"Cukup!"

Sesuatu menghantam tengkukku. Aku terkapar.

"Beginilah kalau wartawan ikut perang." Samar-samar kulihat Jenderal Rost van Tonningen menyarungkan pistolnya seraya memandang sekeliling sebelum kembali menatapku.

"Berhentilah menulis hal buruk tentang kami, Nak. Aku dan tentaraku tahu persis apa yang sedang kami lakukan. Semua untuk Hindia. Hanya untuk Hindia. Bagaimana denganmu? Apa panggilan jiwamu?"

Aku tidak menjawab. Tak sudi menjawab.

---

[*] Pada peristiwa Puputan 20 September 1906, sejumlah besar wanita sengaja melempar uang kepeng atau perhiasan sebagai tanda pembayaran bagi serdadu Belanda yang bersedia mencabut nyawa mereka

Publication History

A Shooting Star	Bintang Jatuh	*Koran Tempo*, February 26, 2012
Farewell to Hindia	Selamat Tinggal Hindia	*Koran Tempo*, October 28, 2013
A Stage Play of Two Swords	Stambul Dua Pedang	*Koran Tempo*, April 7, 2013
All for Hindia	Semua untuk Hindia	*Koran Tempo*, July 27, 2008

The Translators

Tjandra Kerton

Tjandra Kerton, the daughter of an Indonesian father and American mother, has had over 25 years' experience in translating from Indonesian to English. She is also a professional proofreader and copyeditor. Her work experience includes having been employed at companies where she worked on in-house publications, such as company profiles, newsletters and magazines, and most recently, at two Jakarta-based law firms as legal translator and language checker.

Tjandra attended primary and secondary school in the United States, and majored in Journalism at a liberal arts college in New York. She is currently employed at Soemadipradja & Taher Advocates as Marketing and Business Development Officer.

Jutta Wurm

Jutta Wurm studied languages, literature, and translation theory at the University of Berlin, Bonn and, Düsseldorf. After spending a couple of years living abroad in Italy and England, she worked as a language assistant and translator with internationally renowned law firms, while at the same time taking on tasks as a freelance translator, mainly for a variety of cultural foundations and organizations in connection with contemporary musical and theatrical events. Her translations range from essays to poetry and from new translations of turn-of-the-last-century novels to recent hip teenage novels.